VERTE FELIZ

VERTE FELIZ

Luz Marina Villeda

Poemas: *Mar de Nubes, Margarita, La vida es un río, Volarás, Llévame Contigo, Soy una monja sin devoción* © 2019, 2020 Luz Marina Villeda

Diseño de la portada © 2020 kudi-design.com

Citas © Biblia de las Américas 1997

Fotografía de la página 230 © Luz Marina Villeda 2020

ISBN-13: 978-0-578-67949-5

Para Guillermo

AGRADECIMIENTOS

Estoy agradecida con mi esposo por su paciencia y apoyo durante los dos años que invertí escribiendo esta novela. Sus sugerencias y observaciones fueron invaluables. Gracias también a mis hijos que son la inspiración de mi vida.

Gracias a escritores.org y a la profesora Silvia Adela Kohan por su apoyo, material didáctico, sugerencias y comentarios.

Gracias a la autora, editora y periodista uruguaya Lorena C. Brown por su estupendo trabajo de corrección.

Infinitas gracias a Brenda Hefferan, por realizar la revisión final de esta obra, y a Lucía del Bosque por su apoyo en la corrección. Gracias a Nancy Castillo y Mariela Cabada por su creatividad y apoyo en la promoción.

Muchas gracias a Kindle Direct Publishing por la impresión y distribución de esta obra.

Gracias a mi patria Guatemala y a Bolivia y Perú, países que admiro por su cultura milenaria, belleza y trascendencia.

Le agradezco a Mason, Ohio, la ciudad que me ha alojado por casi veinte años. Fue aquí donde nació mi pasión por la escritura.

A mis amigos del mundo entero: Colombia, México, Estados Unidos, Canadá, Perú, Bolivia, Venezuela, Chile, Uruguay, Rumania, Serbia, Suiza, Italia, Sri Lanka, Palau, Sud África, Inglaterra, España, El Salvador, Guatemala, Belice, Honduras, Costa Rica, Puerto Rico y Brasil. Gracias por leer mis libros, por promoverme, respaldarme y darme ánimo, pero sobre todo, gracias por creer en mí.

Gracias a kudi-design.com por la hermosa portada de la novela. Y que Dios derrame sus bendiciones sobre ella.

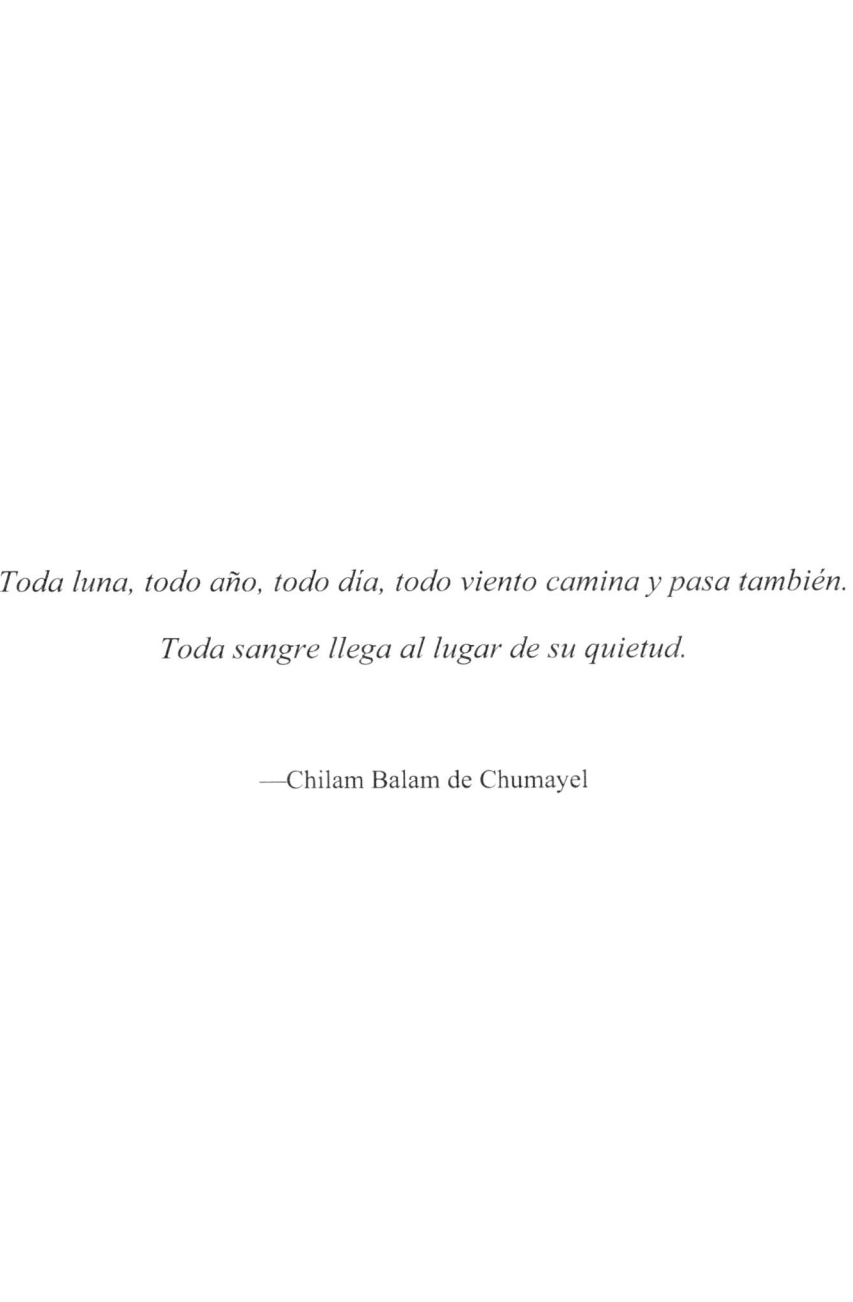

Toda luna, todo año, todo día, todo viento camina y pasa también.

Toda sangre llega al lugar de su quietud.

—Chilam Balam de Chumayel

CAPÍTULO 1

San Martín, Bolivia, enero de 2007

Su lucha por encontrar la paz se agudizó aquel día en que Juan Antonio la encontró en San Martín. Inés quiso verlo a la cara, pero sus ojos se humedecieron y la imagen le resultó borrosa.

—¿Crees que no me duele hablar del asesinato de mi padre y revivir la injusticia que vivió mi país? Me convertí en monja porque así pude soportar la pena del destierro. No soy sólo huérfana de padre y madre, sino también de patria. ¿Qué derecho tienes de despertar a los difuntos?

—No revivas el pasado para sufrir, sino para sanar tus heridas.

—Es muy tarde para las heridas. Las heridas me carcomieron la piel.

—Pero no tu alma.

—Quiero la vida que llevo y quiero estas montañas. El convento es mi hogar, el hogar que me acogió como extranjera fugitiva. Le debo eso y mucho más. Me reconforta el haber cumplido con el último deseo de mi padre, salir de Guatemala y venir a San Martín.

—Tu padre te envió lejos porque temía por tu vida. Ahora eres libre.

—¿Cómo te atreves a hablarme de libertad? ¿Qué sabes tú de mi vida? ¿Acaso a tu padre lo sacaron en ropa interior una madrugada con su esposa y su hija llorando en la sala? ¿Acaso tu padre te dijo, "no tengas pena, no he hecho nada malo, volveré mañana", y nunca volvió?

Juan Antonio calló.

—No. Tu padre no fue asesinado como un ladrón. Tú no fuiste desterrado. Gracias por preocuparte por mí, Juan Antonio, pero debo retirarme. Es hora de los rezos.

—Volveré mañana.

—No será necesario. Has dicho lo que tenías que decir y ahora lo mejor es que no te ocupes de mis asuntos. Lamento parecerte dura o malagradecida. Sé que has hecho un largo viaje para encontrarme, pero no necesito nada de nadie. Mi vida está aquí. He entregado mi ser al servicio del Señor.

Con paso lento pero decidido, sor Inés salió del despacho dejando solo al visitante. Aquel hombre conocía su pasado y ella el de él, aunque ya no eran los mismos de antes. A él tampoco se le veía feliz.

A pesar de la aparente determinación de Inés, las palabras de su amigo no la dejarían dormir esa noche. ¿Cómo se había atrevido a insinuarle que abandonara el convento?

Sus rezos serían distintos a los de todos los días. Se arrodilló y lloró. El muro de piedra que había cubierto su corazón por tantos años se sacudió con el recuerdo de su pasado. El sismo produjo una grieta liberando al dolor y la amargura de su prisión.

"Lo odio", se dijo a sí misma, arrepintiéndose inmediatamente de sus palabras. No lo odiaba a él en realidad, sino que odiaba los sentimientos que salían a la superficie por su causa, porque a veces es necesario amar primero para poder odiar después. "No lo odio", balbuceó bebiéndose las lágrimas. "Me recuerda y todavía me ama. Pero es demasiado tarde para los dos. He entregado mi vida al Convento de San Martín".

Tomó el crucifijo que llevaba en el pecho y presionándolo sobre su boca se dijo: "Con este beso purifico mi alma de pecado. Padre Santo, tú sabes que te amo, los placeres humanos son sólo placeres pasajeros. Por favor, no dejes que me descarrile del camino de la paz".

Con esta súplica se limpió las lágrimas y cerró los ojos.

***

Por muchos años la Casa de las Hermanas les había tendido la mano a personas carentes de albergue y comida. Todos eran bienvenidos. Las sillas que rodeaban la larga mesa del comedor eran testigos silenciosos del hambre de cada visitante. La chimenea ardía sin cesar mientras que el aroma del chuño con queso, arepas y huevos les daba la bienvenida a los visitantes; sopa de chalona los lunes; té caliente todas las mañanas.

Cuando Inés llegó al hogar en los años ochenta, no podía faltar el horno de leña, ni tampoco una llama. Sor Inés aprendió a tejer cobijas de lana no sólo para cubrirse del frío, sino para relajarse y enseñar a tejer a las monjas. De dónde llegó a la región pocos lo sabían. En su mayoría las monjas no le hacían preguntas y ella era reservada en cuanto a su historia personal. Dos de ellas hablaban en el pasillo hacia la conserjería.

—La nueva, ¿de dónde es?

Su interlocutora la miró a los ojos.

—No sabría decirle. Tiene acento de extranjera. ¿Por qué pregunta?

Sor Inés era un enigma. Decían que había llegado al convento sólo para alojarse, que iba huyendo de algo, pero nunca dijo de qué ni por qué. Tenía en ese tiempo veinte años. Después de la muerte de la hermana Consuelo, la madre superiora, Inés se convirtió en una de las principales del convento, siendo su protector el viejo doctor que viajaba de aldea en aldea visitando gente una vez por semana.

Llevaba el cabello envuelto en un manto blanco. Sus mejillas de cardo rosa pálido contrastaban con el negro intenso de su mirada. Hablaba lo necesario y sonreía poco, sus espesas pestañas y cejas arqueadas aparentaban las de la imagen de una virgen antigua. El viejo doctor sabía de dónde era, refugiada de la guerra en su país. Antes de morir, su padre le compró el boleto que la llevaría a San Martín.

Agustín Barrundia no tuvo temor de mostrar su descontento en cuanto a la despiadada cantidad de muertes clandestinas en Guatemala y por este motivo lo consideraron un insurrecto. Inés corría peligro por ser su hija, y por ser estudiante universitaria, según fue informada cuando el taxista la llevó al aeropuerto con tan sólo su bolso de mano y la ropa que traía puesta. La orden de escape venía de su padre por medio del abogado que él mismo contrató para un caso de emergencia. Mirella Barrundia, la esposa de don Agustín, determinó quedarse en Guatemala a pesar de la inseguridad e incertidumbre de la época.

Inés llegó a San Martín después de haber tomado dos aviones, un taxi y finalmente un microbús que recorrió muchos kilómetros adentrándose en el solitario altiplano andino. Le impresionó la majestuosidad de los picos nevados que divisó en el camino, esos gigantes sagrados de los Urus. Entre bofedales pastaban las vicuñas. Unos cuantos armadillos, mejor conocidos como "quirquinchos" correteaban por los yermos. Al llegar a su destino se encontró con una laguna de agua cristalina y se lavó los pies en ese lugar. Ya no tenía miedo por su vida, era como si esa agua templada le hubiese lavado las penas. Tomó el papel de monja muy en serio y juró olvidar su pasado, su tierra y su parentela. Si su padre lograba escapar, la buscaría. Si no lo hacía, la respuesta era simple. Habría muerto en manos de sus agresores.

De San Martín le habló su padre muchas veces; al llegar al convento buscaría a la hermana Consuelo. Ese viejo recinto de paredes color marfil le proporcionaría cama, sábanas limpias y cobijas de lana. Las novicias no traían sino la ropa que llevaban puesta y la hermana Consuelo les proveía con batas, pantalones de dormir y sandalias forradas de piel. Un quinqué sobre la mesa de noche alimentaba la llama de esperanza en el corazón de la joven que abandonó su tierra natal.

"No me importa estar lejos y haber perdido mi identidad", se decía a sí misma, "esto lo dispuso mi padre con tal de salvarme la vida".

Nunca olvidaría aquella mañana cuando pisó por vez primera la entrada del convento; tanto su mapa como el chofer del microbús le indicaron el camino correcto. No tardó mucho para que sor Romina apareciera con una jarra de agua caliente en la mano y la pusiera sobre la mesa.

—Soy Inés Barrundia —dijo la visitante— y luego preguntó por la hermana Consuelo. Estaba segura de que la mujer existía, de que el nombre no provenía únicamente de la mente de su progenitor. Sostenía su bolso de mano y lo apretó con fuerza. Bajó la mirada y observó sus zapatillas, sus pies húmedos, lavados en la laguna de agua cristalina.

Sor Romina salió a llamar a la hermana Consuelo. Dejando su bolso en el suelo, Inés corrió a calentarse las manos frente al fuego de la chimenea. Su cara quemada de frío y el cabello despeinado revelaban lo largo de su viaje.

***

—Papá —le decía, sentada en sus piernas— ¿cuándo me llevarás a conocer?

—En el año de la llama.

—Pero el año de la llama no existe en el calendario chino —protestaba ella.

—Tienes razón. Los chinos no tienen llamas, pero sí las tienen los bolivianos. El año de la llama será simbólico del fuego. Será un símbolo de calor humano y resguardo.

—¿Y cuánto tiempo falta?

—Lo más importante no es el tiempo, lo importante es saber cómo llegar. Por eso te dejaré un mapa.

No necesitaba que él le repitiera cómo era la Casa de las Hermanas, ella lo sabía porque se lo había repetido muchas veces: la mesa larga del comedor, el cuadro de la santa cena, el techo alto con un desván de madera.

Se encontraba finalmente allí, y la alegría de haber llegado la reconfortaba. —He venido para quedarme —le dijo a la hermana Consuelo, con un tono de complacencia, como si su destino hubiese estado ya escrito—, me ha enviado mi padre.

La hermana Consuelo, una mujer de sesenta con cara delgada y gafas gruesas, la saludó con un apretón de manos como presintiendo que la recién llegada tenía razón.

—Bienvenida, hija, has de estar cansada. ¿Ha sido largo el viaje?

—Largo sí, pero sin ningún contratiempo. Mi padre me dibujó un mapa y me lo aprendí de memoria.

La monja condujo a Inés a la cocina y le habló largo y tendido. Inés se calentó las manos esta vez sobre la estufa de leña y luego tomó un té de coca con miel y limón, para contrarrestar el mal de altura. La cocinera no tardó en informar a sus compañeras acerca de la llegada de una extranjera de ojos oscuros, cabello lacio y piel sonrosada. La hermana Consuelo tocó su campanita de bronce para que una novicia acudiera a su llamado.

—Ofrécele a nuestra inquilina una cama. De ahora en adelante tendremos una aliada.

—El rostro de Inés lucía resplandeciente. Nadie habría adivinado su pesar por el destierro.

—¿De dónde viene? —le preguntó la novicia.

—De muy lejos, pero conozco San Martín como la palma de mi mano. Mi padre me hablaba de él. Pasó por este lugar y se enamoró del convento, habría querido volver.

—¿Quién es su padre?

—No quiero aburrirla con historias tristes.

—¿Por qué no vino ahora? ¿Cuál es su nombre?

—Me ha enviado a mí. Esta es mi nueva casa y he venido para servir a todos los que aquí vivan.

—¿Es usted una enviada de la hermana Josefa, fundadora de este hogar?

—Soy sólo un ser común y corriente. He perdido a mi familia y mi casa.

Se fue convirtiendo día con día en la preferida de la hermana Consuelo y, diez años después, la nombraron su sucesora. Pero en los últimos años la gente del pueblo se había olvidado de la jovencita jovial que una vez llegó de lejos. La llamaban sor Inés, la monja recatada, porque hablaba con poca gente y su vida seguía siendo un enigma.

CAPÍTULO 2

Ciudad de Guatemala, 1982

Inés y Juan Antonio estudiaban en la Universidad de San Carlos de Guatemala. Alto, moreno, de frente amplia, labios gruesos y dentadura perfecta, Juan Antonio la amó en silencio desde el día en que la conoció. El día que notó su ausencia imaginó lo peor.

—¿Tienes listos tus comentarios sobre la investigación? —dijo el profesor.

Juan Antonio trató de poner sus papeles en orden, pero sólo consiguió dejarlos caer al suelo sin lograr leer una palabra. Se puso de pie y con voz entrecortada dijo:

—Discúlpenme, tengo algo importante que hacer.

Tan pronto como puso sus papeles en la mochila, bajó las escaleras y corrió hacia el estacionamiento donde encaminó su automóvil por el anillo periférico. Pasó por el puente del Incienso y luego cruzó por la Avenida Elena. Esa media hora se le hizo muy larga. Al arribar a la casa tocó el timbre sin obtener respuesta. Luego habló con la señora de la tienda de la esquina opuesta.

—Disculpe la molestia. ¿Sabe a qué hora puedo encontrar al señor y la señora Barrundia?

—Lo siento joven —dijo ella, limpiándose las manos con un paño de toalla—. No he visto a los señores desde hace dos días.

—¿Y la señorita?

—Salió en un taxi ayer por la mañana. No la he visto regresar.

—¿Llevaba alguna maleta?

—Nada.

—¿Cree que vuelva hoy?

—No le sabría decir.

Juan Antonio llamó por teléfono esa tarde y en los días consecutivos.

No hubo respuesta.

San Martín, Bolivia, enero de 2007

Habían pasado veinticinco años desde ese incidente. En San Martín se preguntaban acerca de Juan Antonio y de la extraña actitud de sor Inés.

—Y el nuevo doctor, ¿está enamorado de ella? —corría la murmuración por el pueblo—, el doctor Espinosa es su antiguo admirador.

—Pero claro que no, eso es puro chisme. Él es un médico voluntario.

—No nos están preguntando —decían otros—, pero tenemos nuestras sospechas.

—Con sor Inés no se hagan ilusiones, ella no les pone atención a los hombres. Es una "sor" por una buena razón —concluían los más cuerdos.

Ignorando las habladurías de la gente, Juan Antonio descansaba en su cuarto. Le llevó todos esos años dar con el paradero de Inés y se sentía como viviendo un sueño. La hacía aún más bella que antes. Estaba dispuesto a esperarla por el resto de sus días si era necesario. No tuvo la oportunidad de expresar todo lo que guardaba en su corazón, así que sacó una pluma y papel y con ellos comenzó a escribir lo que le habría dicho a Inés de no haber existido la barrera que ahora se interponía entre ambos.

Querida Inés:

Me gradué de la universidad en 1988. Sabía que tu padre también había desaparecido y los daba por muertos a los dos. Siguiendo las instrucciones de su abogado, Mirella guardó el secreto con respecto a tu paradero. Lloré pensando que no me enamoraría nunca, hasta que conocí a una chica llamada Liliana, quien trabajaba en el hospital San Juan de Dios. Trabajábamos juntos y empezamos a salir, nos casamos en 1990. Ella no quería hijos y acordamos esperar unos años. En 1993 resultó embarazada y decidió abortar al bebé. Más tarde me enteré de que el niño no era mío.

—No es que me desagraden los niños, simplemente no me siento preparada para la responsabilidad que implica tener un hijo —dijo Liliana.

Nuestro matrimonio se vino abajo desde ese momento. La perdoné por haberme sido infiel, pero nunca olvidé su frialdad. El niño era un ser humano, ¿qué culpa tenía de haber sido engendrado? Empecé a emborracharme los fines de semana y, dos años después del aborto de Liliana, ella misma me pidió el divorcio. Su abandono me hizo venerarte aún más, eras la mujer perfecta, la mártir, aunque quizá estuvieras muerta. Te creía una santa, pero a mi lado.

¿Podré hacerte cambiar de opinión, convencerte de que dejes el hábito? Estoy dispuesto a esperar todo el tiempo que sea necesario.

Buscando un cigarrillo en su bolsillo, Juan Antonio recordó que había prometido dejar de fumar. Se levantó y se sirvió un vaso de whiskey.

Mientras tanto en la habitación del convento, Inés no podía sacarse a Juan Antonio de la cabeza. "Si hubieras llegado hace diez años, quizá la situación habría sido diferente", pensó. "A los treinta y cinco era más joven e ingenua".

"¿Para qué te escribo si ni me quieres ver?", dijo Juan Antonio, sin retomar la pluma y el papel. "Estas cartas irán conmigo a la tumba. La borrachera no me quita la pena".

"No es a ti a quien le hablo", pensaba Inés, "es a la vida, a la ilusión, a la agonía. ¿Te das cuenta de que ya no soy la misma? Tengo décadas de no ver mi rostro en el espejo, siento las manos artríticas y me mortifican los dolores de piernas".

"Aunque tus palabras me hieran como rocas, aun así te veo hermosa. Lo que sale de tu boca niega lo que siente tu pecho. ¿Acaso no valgo un te quiero o un te he extrañado? Te sigo añorando a pesar de haberte encontrado. Extraño tu sonrisa y los cantos de pájaros. Extraño las mañanas soleadas del mes de abril y tus faldas de colores de colegiala. Extraño tu cabello lacio y corto. Soy un tonto. No me quieres y quizá nunca me quisiste. Quién lo diría que, a mis años, mi única compañera sería una botella de licor".

El corazón de Inés latía incontroladamente como queriendo escaparse de su marco. "Es hora de ir a la cama. El reloj sonará a las cinco de la mañana. Si tan solo pudiera dormir esta noche".

Juan Antonio tampoco podía dormir: "¿Quién dice que los hombres no lloran? No soporto su rechazo".

"Padre Santo, dame fuerzas para cumplir con tu voluntad. Ayúdame, no debo claudicar. ¿Es vergonzoso sentir deseo? ¿Es tonto? Arranca este deseo y perdóname por mi pecado". Inés hizo la señal de la cruz y apagó la lámpara. Su mejilla rozó la almohada y la humedeció.

Llegó a San Martín en la flor de su juventud, hermosa y lozana. La hermana Consuelo la moldeó como arcilla: se levantaba temprano a darse una ducha fría. Desayunaba pan de chuño con cebolla. Tenía muchos años de no llorar, de no recordar, de vivir escondida de su pasado.

"Basta de tirar lágrimas al desprecio", pensó Juan Antonio. "Me quedaré". La he encontrado y eso me basta. Sé esperar como la luna y las estrellas, como la nieve que cae en la montaña y no la pisan más que el puma, el cóndor y la piedra. Mi existencia tendrá sentido ahora que estoy cerca de ella".

***

En la primera oportunidad que se le presentó esa semana, Juan Antonio habló con el doctor Ríos, el médico local, acerca de la salud de Inés.

—Eso de los dolores de piernas se puede arreglar con unas vacaciones, ¿cuántos años tiene de trabajar sin descanso?

—¿Por qué tanto interés en el bienestar de la hermana? —preguntó el doctor Ríos.

—Es una vieja amiga. Me atrevería a decir que la considero como de la familia.

—Ella nunca me habló de ti.

—Digamos que soy su protector.

—A sor Inés la protege Dios.

—Entonces somos dos los protectores, ¿qué mejor?

—Te aconsejo que te reserves de dar recomendaciones. Inés es el pilar de esta institución, nunca ha dejado el recinto. Como descubrirás más pronto que tarde, las novicias trabajan todo el año, las vacaciones no existen. Las pocas empleadas domésticas no se dan abasto.

—Esto es inhumano. Por eso está tan cansada y adolorida.

—Para ella no es una obligación, lo hace por devoción.

—¿Pueden traer a alguien que la reemplace por un tiempo? ¿Alguna voluntaria?

—Yo sé que tus intenciones son buenas, pero vas a tener que ingeniarte algún plan para convencerla, y te aseguro que no será fácil. Te sugiero no mencionar razones de salud. Piensa en algo de beneficio común, algo que incluya a las novicias. Un viaje a La Paz, quizá a la basílica. Recuerda que nuestros recursos son escasos, así que también se necesitará recaudar dinero.

***

A la semana siguiente, el microbús en el que viajaba Juan Antonio se accidentó en la carretera de San Martín. Tanto él como algunos de los otros tripulantes fueron trasladados al hospital de Oruro para darles las atenciones y tratamientos necesarios.

Era ya tarde en la noche e Inés tenía sueños muy agitados. La noticia del accidente de Juan Antonio la tenía inquieta.

—Me duele el pecho, me duele…

—Es porque no has derramado ni una lágrima —le dijo una voz misteriosa—. Si lo haces, te sentirás mejor.

—No puedo llorar —dijo Inés, cubriéndose el rostro.

—Grita, entonces. Lamenta la pérdida de un hombre justo.

—No está muerto.

—¿Y entonces, el dolor?

—Es puro remordimiento.

—¿Qué tal si te mueres tú y se despierta él?

—No se está muriendo nadie. Este dolor de pecho no mata, sólo mortifica.

—Eres muy necia.

—Si muero yo, o muere él, será la voluntad de Dios.

—¿Y ese muro del que te habló, te lo llevarás a la tumba?

—El muro me protege de la desilusión.

—Pero tiene una grieta, por eso te causa dolor. Derríbalo, Inés, derriba ese muro. Es necesario sentir amor para tener paz.

—Dios me dará paz en el más allá. Morir es mejor que nacer.

—Ama en paz y llora. Sólo las lágrimas le darán cabida al amor.

—¿Para qué vino Juan Antonio a San Martín? Debió haberse quedado en Guatemala.

—Para ayudar a los enfermos, para ayudarte a ti.

—Prefiero entrar cojeando en el reino de los cielos.

—El doctor no morirá, se lastimó para darte una lección, pero no creas que los que te aman son eternos, ni creas que tú eres eterna.

—Que sea la voluntad del Señor.

—Y la tuya, ¿cuál es?

—Rendirle mi vida. Lo decidí veinticinco años atrás.

—La voluntad de Dios es verte feliz.

—¿No se puede ser feliz sin un hombre?

—¿Con un muro en el corazón?

—Con muro o sin muro, no hay condiciones para Dios.

—Tienes razón. Pero sin muro ¿no estarías mejor?

—El muro me protege —Inés se dio la vuelta para tocarse el pecho con las manos.

—El corazón no miente —continuó diciendo la voz.

—Yo no miento tampoco, sólo lucho por ser mejor y trato de llegar a la perfección.

—No trates tanto. Déjate llevar.

—¿Por la locura? ¡No! El corazón es engañoso. Escojo el camino de la fe.

Con esta frase Inés le puso fin al conflicto interior que no la dejaba dormir.

**

Temprano en la mañana sor Inés dejó de preocuparse por el accidente de Juan Antonio y recibió en su despacho a una joven mujer.

—Madre, confieso que la imaginaba vieja y arrugada. Está bien conservada —dijo la muchacha.

—Cuídese de lo que dice, hermana. Tengo cuarenta y cinco.

—Pues no se nota.

—"Los achaques no me faltan" —pensó Inés—. ¿Su nombre?

—Martina.

—¿Piensa conservarlo, o cambiarlo?

—¿No le gusta mi nombre?

—No quise decir eso.

—¿Entonces, me lo quedo?

—Desde luego. Disculpe mi impertinencia. Algunas de las monjas se cambian el nombre como símbolo de su nueva vida, pero es totalmente opcional.

—Mi nombre me condujo a este convento. No pienso cambiarlo por nada.

—Hermana Martina, ¿cuál es su don?

—Me gusta cantar. Me gustaría unirme al coro de la capilla.

—¿Algo más?

—También anhelo tener una familia. Soy huérfana.

—Es usted bienvenida —dijo Inés, conmovida ante tal afirmación. Eran huérfanas las dos. Inés recordó su primer día en el convento muchos años atrás y también se compadeció de la joven mujer que una vez ella fue, la novicia solitaria dispuesta a renunciar a los placeres del mundo por su amor a la vocación.

—Se lo agradezco infinitamente. Me quedaré —dijo la novicia Martina, abrazando a sor Inés y besándola en la mejilla.

—Hermana —dijo sor Inés—, este saludo no es apropiado entre nosotras. Cuando se despida, simplemente baje la cabeza.

—Trataré de recordarlo —dijo la nueva, cabizbaja—. Y discúlpeme usted, es que soy muy impulsiva.

CAPÍTULO 3

Los Ángeles, California, enero de 2007

Nos convertimos en empleadas del Colegio de Nuestra Señora del Pilar desde que éramos adolescentes y hasta hacía poco tiempo, no me había importado estar enclaustrada en el colegio durante tantos años. Pero Barbie empezó a cavar un "agujero subterráneo" para escaparse de la celda de la rutina. Estaba en la víspera de viajar a Guatemala y su partida me serviría para darme cuenta de que debía ser más sensible ante las necesidades de los demás.

Cuántas cosas no sabía antes y cuántas había aprendido. No era tan fuerte como alguna vez me creí, ni tan débil como muchas veces me sentí. Me arrepentía de las cosas mal hechas, creía no haber aprovechado de la mejor manera todos esos años que viví con mi hermana. Pero ¿cuál era la solución a todos mis problemas, dificultades y limitaciones? En primer lugar, comprender que eran parte de mi vida, que necesitaba poner de mi parte para encontrar una salida. Mis problemas no se solucionarían solos y nadie los podía solucionar por mí.

***

—¿Me puede dar algo de color verde? —pregunté con cierta obsesión. Estaba con Barbie en la cafetería de la gasolinera aledaña a la iglesia, muy indecisa en cuanto a lo que comería. Las opciones de este lugar se limitaban a donas, pan con mermelada, y café. La mujer de la caja me miró confundida.

—¿Dígame, señorita?

—¿Tiene aguacates? —respondí. Me agradaba que me llamaran "señorita".

—No servimos guacamole sino hasta las diez de la mañana. Son solamente las ocho —dijo la mujer.

—No quiero guacamole, sólo un aguacate.

—¿Sólo un aguacate?

—Para untárselo al pan tostado. Está de moda, usted sabe.

—Los cuchillos desechables están en la barra por si los necesite. ¿Le ofrezco algo más?

—Un café.

—Son $6.25 en total.

Saqué dinero de mi cartera y pagué. Me di vuelta dirigiéndome hacia la mesa donde se encontraba Barbie.

—¿Cómo puedes comer aguacate a esta hora del día? —preguntó ella, en voz baja.

—A mí me gusta ponérselo al pan.

—¡Menos mal no al café!

Hacía muchos años que nos habíamos mudado de Guatemala para Los Ángeles, cuando apenas éramos unas niñas y nos adoptó la tía Catalina, hermana de nuestro padre.

—Cualquiera diría que a estas alturas ya estaría acostumbrada al frío del mes de enero —dijo Barbie—. Tengo la nariz tiesa.

—No hace tanto frío. Sería mucho peor en San Francisco.

—Quisiera poder dormir hasta tarde los sábados. ¿No te parece aburrido ir de casa en casa repartiendo folletos de la iglesia?

—Necesitamos promocionar la iglesia.

—Siempre vamos a misa los domingos. Esa es una buena promoción.

—Pero todavía quedan muchos asientos vacíos.

—Oh, Maggie. Tú sabes que preferiría mil veces irme en un viaje misionero a Guatemala y esa sería mi obra cristiana. ¿Por qué no te gusta la idea?

—¿Estás bromeando? ¿Quieres que te asalten o te maten?

—Por supuesto que no. Eunice y Joaquín, los tesoreros del viaje misionero, han ido muchas veces y todo les ha salido bien.

—Tenemos suficiente trabajo que hacer aquí en Los Ángeles. No necesitamos ir tan lejos.

***

—¿Ya acabaste de lavar la verdura? —pregunté cuando estaba a punto de finalizar mi turno de lunes en la cocina del colegio.

—Ya terminé. Y por cierto —dijo Barbie, secándose las manos con el delantal—, me inscribí en una clase de tejido y voy de salida. Debo estar allí a las cuatro de la tarde.

En esos últimos meses Barbie no parecía querer quedarse en el trabajo ni un minuto más de lo que fuera necesario.

—Nuestra maestra de la primaria sabía tejer. ¿Nunca te enseñó?

—No se me hizo fácil. Hicimos escarpines para bebé y de allí nada más. Ahora voy a aprender a tejer un suéter y a pasar un rato con las compañeras que tomen la clase. La maestra es muy amable.

—¿Dónde la conociste?

—En la iglesia. ¿Quieres venir conmigo a la clase?

—No, gracias. Voy a aprovechar la tarde para escribir.

—Maggie —dijo Barbie, con aquel tono de voz que yo conocía perfectamente—, ¿puedo hacerte una pregunta?

—¿Qué?

—¿Has pensado cómo sería si nos hubiéramos casado? ¿Crees que la vida sería menos aburrida?

18

—¿Qué pasó con Sergio, aquél admirador tuyo?

—Tengo siglos de no verlo. Se mudó para Chicago.

—¿Y nunca te escribió?

Barbie no respondió. Se quitó el delantal y lo puso en la ropa sucia.

—¿Por qué tan callada de repente?

—A veces creo que las depresiones tienen que ver con haberme quedado solterona, pero en el fondo lo que más anhelo no es casarme, sino conocer nuevos lugares y trabajar como maestra.

Solterona. Yo odiaba esa palabra. No me consideraba una solterona. Tenía apenas treinta y cinco años. Tanto Barbie como yo gozábamos de un trabajo y un cuarto donde vivir en el Colegio de Nuestra Señora del Pilar. Sin embargo, la vida fue difícil después de salir de Guatemala. Perdimos a nuestros padres desde pequeñitas. Nuestro padre adoptivo desapareció y se le daba por muerto.

La tía Catalina, quien residía en Los Ángeles, fue la única persona de la familia que tuvo la buena voluntad de aceptar a dos niñas huérfanas en su apartamento. Preparaba las mejores tortillas con queso que he probado en mi vida. Nunca se casó ni tenía hijos, era una mujer estricta que nos enseñó a ser honradas y modestas. Sin un minuto que perder nos inscribió en el colegio. Murió ocho años después y yo empecé en ese tiempo a trabajar en la cocina; tenía dieciocho años y Barbie dieciséis. Sin otros familiares, no nos quedó otra alternativa más que enfrentar al mundo la una a la par de la otra. La tía siempre nos dijo qué hacer y cómo, era la mejor herencia para ganarnos la vida. Como hermana mayor, asumí el papel de la tía Catalina; a Barbie no parecía incomodarle el complacerme.

En un colegio exclusivo para mujeres no nos relacionábamos con el sexo opuesto, excepto por la convivencia con los pocos miembros de nuestra iglesia, en su mayoría hombres casados y con hijos más jóvenes que nosotras.

—Era obvio que a Sergio le gustabas.

—Seguramente se casó con alguna mujer delgada y atractiva.

No lo habría recordado si no me lo hubieras mencionado —dijo Barbie, lo cual no era del todo cierto porque hablaba de él a menudo en los primeros años después de su partida—. Deberías venir conmigo al viaje misionero, ¿no te dan ganas de volver a ver Guatemala?

Yo no me sentía ni triste ni sola. Para mí Guatemala era cosa del pasado.

—¿Ya decidiste hacer el viaje, entonces?

Barbie asintió. Deseaba visitar la Antigua Guatemala, la ciudad colonial que le atraía tanto desde que era niña. Íbamos con nuestro padre a tomar el *atol* de elote en el Parque Central y a saltar entre los jardines de las ruinas de Capuchinas. Se acordaba de todo, del Cerro de La Cruz y de los paisajes aledaños.

—Aquí no tenemos volcanes ni calles empedradas. ¿Cómo es posible que no extrañes esos tiempos? —dijo Barbie.

—Lo que no entiendo es cómo los extrañas tú. Tenías siete años la última vez que fuimos a la Antigua.

—¿Cuál era tu comida preferida?

—El caldo de res con elotes y güisquil que nos preparaban las empleadas en la casa los lunes. Nunca he probado un cocido igual.

—¿Lo ves? Podrías tomar todo el cocido que quisieras, estoy segura de que en la Antigua también lo hay.

—Eso era en esos tiempos. Ahora quizá me molestaría el estómago toda esa grasa. Aquí no nos faltan las tortillas y frijoles. Las pupusas de queso del restaurante salvadoreño son deliciosas.

—Me imaginé que iba a ser imposible convencerte.

—¿Ya pediste permiso en el trabajo?

—La señora Adela vendrá a cubrir mi turno en la cocina. Sus hijos se fueron de la casa y ahora se quedó sola. Quiere trabajar y yo la recomendé con la directora. Es muy buena cocinera. Por cierto, tiene un gato. Lo va a traer con ella.

—El gato no puede quedarse. No están permitidas las mascotas.

—Será sólo por dos semanas. Rufus es un santo, Adela me lo

aseguró. Duerme todo el día. Pero si te desagrada el gato, podrías cambiar de opinión e irte conmigo de viaje.

—Acepto que te vayas solamente porque estás tan ilusionada. Espero que no te pase nada malo.

—La Ciudad de Guatemala es como Los Ángeles, tiene sus partes peligrosas y otras que no lo son. Pero de todas maneras no nos quedaremos mucho tiempo en la capital. La Antigua es más segura.

—Se me van a hacer largas las dos semanas sin ti —admití.

—No tendrás problemas. Doña Adela te hará muy buena compañía.

***

La señora Adela se presentó al trabajo con puntualidad. Llevaba a Rufus en su jaula. No cesaba de hablar ni en la cocina ni en el comedor.

—Mi querida Margarita —dijo—, Rufus es el único miembro de la familia que me queda en Los Ángeles, por eso no puedo deshacerme de él. Está acostumbrado a comer atún y no se puede quedar solo en la casa porque no hay quién le abra su lata.

Yo no hice comentarios acerca del gato. Siempre y cuando estuviera enjaulado, no causaría ningún problema.

El domingo, camino a la iglesia, la señora Adela y yo íbamos platicando.

—Por favor, no me vayas a llamar señora. Me hace sentir un vejestorio. Adela está bien. Ando reclutando gente para la clase de salsa, ¿sabes bailar?

—No realmente.

—Con más razón necesitas una clase.

—¿Y con quién bailaríamos?

—Con las compañeras. Si tuviera tu edad, sería diferente.

—Tengo treinta y cinco.

—A los treinta y cinco, mi niña, yo me reía de la vida. Ahora todavía me sigo riendo, sólo que ya no aguanto los tacones. El único placer que me queda aparte de bailar es pintarme los labios de rojo.

Llevaba su cabello corto. Su figura llenita y bajita tenía una coquetería impregnada. No me atrevía a llevarle la contraria, como generalmente lo hacía con mi hermana.

—¿Te gusta el café de McDonald's? —me preguntó—, dando un giro hacia la ventanilla del restaurante.

—No quiero café.

—¿Qué vas a tomar, entonces?

—Jugo de naranja.

—*Good morning!* —dijo la empleada.

—¿Habla español? —preguntó Adela.

—¿En qué les puedo servir?

—Un café y un jugo de manzana.

—De naranja —corregí, con un poco de pena—. Gracias por llevarme a la iglesia. Siempre me he movilizado en autobús y es bonito andar en carro, se llega más rápido.

—Cuando se te ofrezca, mi cielo. La iglesia es un buen lugar para conocer gente, ¿tienes amigos?

—La gente del coro.

—Por favor, no me pidas que cante. Te dolerían los oídos. ¿Sabes quién organiza las actividades sociales?

—Xenia Durán, la esposa del pianista.

—Hablaré con ella para preparar tamales chiapanecos. Me gusta hacerlos como se debe, con pepita tostada y hojas de plátano. Nada de salsitas enlatadas.

Me agradó la forma de ser de Adela a pesar de que los papeles se invirtieron mientras Barbie andaba de viaje misionero.

—Mi hermana regresará en dos semanas. ¿Seguirá usted trabajando con nosotras?

Adela pareció no haber escuchado la pregunta.

—Conocí a tu hermana en el centro comunitario hace ya un tiempo. Después nos topamos en la calle y me contó que quería ir a Guatemala. También me dijo de la posibilidad de este trabajo y lo solicité. Le ofrecí a Barbie que te cuidaría cuando ella no estuviera.

—¿Cuidarme? Pero si yo soy la que siempre se ha encargado de cuidarla a ella.

—Quise decir, hacerte compañía.

Volteé la cabeza hacia la calle y continué hablando sin hacer contacto visual.

—Nunca habíamos estado separadas. Yo no quería que Barbie se fuera, pero no pude sacarle esa idea de la cabeza.

—Nos ayudaremos la una a la otra. Yo también estoy sola. No te creas que me gusta el silencio.

—Yo no soy tan sociable como Barbie.

—Pero Barbie no me necesita y tú sí. Me gusta ser de utilidad —dijo Adela, parando el carro en el estacionamiento de la iglesia.

Me pregunté si me había equivocado todo este tiempo pensando que yo era indispensable en la vida de Barbie. En ese momento ella se encontraba en Guatemala disfrutando del cielo azul, de las montañas y del volcán de Agua. Las montañas allá serían, sin lugar a duda, más verdes que las de San Gabriel en Los Ángeles.

Los Ángeles, California, febrero de 2007

—¿Te gusta cocinar? —me preguntó Adela.

—Es mi trabajo.

—No te gusta cocinar.

—No dije eso. No me incomoda y además me pagan por hacerlo.

—Yo también necesito los centavos, aparte de que me gusta. Pero lo que más me atrae es que aquí puedo platicar contigo y ver a las niñas a la hora de la comida, sus caras jóvenes y entusiastas. Me siento feliz siendo útil. ¿Qué es lo que más te hace feliz?

—No lo sé. Nunca me lo he preguntado. Pensé que Barbie estaría siempre junto a mí y eso me bastaba para ser feliz.

—¿Qué te dijo en su última carta?

—Le gusta la Antigua Guatemala y le han ofrecido un trabajo como maestra de inglés. Siempre fue buena trabajando con niños. No necesita lujos y se conforma con un salario modesto. Vivirá de pensionista con una hermana de la iglesia.

—¿Te gustaría irte con ella?

—No me lo ha pedido. Es como si quisiera comenzar una nueva vida sin mí.

—No te hagas de menos. Barbie está en una etapa de cambios y anhela nuevos desafíos. Ya verás como a ti te pasará igual cuando menos lo pienses.

—Yo estaba bien aquí con Barbie. Era casi como si hubiese tenido una hija. Quería que fuera perfecta, que comiera saludable, que adelgazara.

—La muchacha está saludable sin importar si tiene sus libritas de más. Le hará bien el cambio de aires.

Me dolía la ausencia de mi hermana. Mi vida sin ella no tenía razón de ser. ¿Cómo podía Adela hablar de un buen "cambio de aires" para Barbie sin importarle que me abandonara?

***

Esa tarde, después del trabajo, limpié mi cuarto, lavé la ropa, y leí la Biblia. Era un viernes y me acosté temprano para poder salir a repartir folletos el sábado como era mi costumbre. Pero a la mañana siguiente no me sentía con ánimo de salir a la calle. Hacerle propaganda a la iglesia parecía carecer de importancia si Barbie no me acompañaba. Desde que tenía memoria, mi hermana y yo habíamos caminado lado a lado.

—Búscate algo divertido que hacer los fines de semana —me aconsejó Adela—. ¿Qué hacías con tu papá cuando eras niña?

"Hace tantos años de eso", pensé, y sin embargo lo recordé inmediatamente.

—Los domingos después de la misa íbamos al carrusel y luego a tomar helado a la Avenida de las Américas. Era como dar un largo paseo. El resto de la semana asistíamos al colegio y los sábados nos quedábamos en casa con las empleadas.

—Tenías una hermana mayor, ¿no es así?

—Inés tenía veinte años cuando la mandaron fuera del país. Como si hubiera sabido que su vida corría peligro, papá arregló todo para que ella se fugara en el evento de su muerte. Más tarde nos enteramos de que a Inés estaba en un convento. A Barbie y a mí nos mandaron con tía Catalina.

—¿Cómo era tu tía Catalina?

—Era una mujer de buen corazón, pero extremadamente rigurosa. Extrañábamos nuestra casa y a papá. Tía Catalina nos ocultó que había muerto hasta que creyó conveniente decírnoslo. Nos adoptó como sus hijas en memoria de su hermano y ya nunca volvimos a visitar Guatemala.

—Lo siento mucho.

—Creo que hay una maldición en nuestra familia. Las personas que amamos se mueren o se van. Tía Catalina también murió ocho años después de nuestra llegada. Quizá por eso yo no quise casarme ni tener hijos, para romper con el mal agüero. Decidí vivir en este colegio por el resto de mis días.

—A veces una no sabe lo que le depara el destino. Y nunca es tarde para perseguir tus sueños y aspiraciones. Pero ya no hablemos de cosas tristes. Va a ser el catorce de febrero en pocos días y voy a tener una reunión en mi casa antes de venderla. Quiero que todas mis amigas te conozcan, quizá seamos un poco viejas para ti, pero te alimentaremos bien.

—Es el primer catorce de febrero sin mi hermana.

—Antes de que se me olvide, tengo un regalo. Me lo dejó Barbie para que te lo entregara en el momento oportuno.

Adela sacó una pequeña caja y me la entregó. La abrí inmediatamente para encontrarme con una cadenita de plata cuyo dije era un diminuto ángel de alas plateadas.

—Estoy segura de que usted y sus amigas son jóvenes de corazón —le dije, colocándome la pequeña reliquia en el pecho.

—Te advierto de antemano que en la reunión hablaremos de nuestros hijos. Yo tengo dos varones, uno de veintiséis y el otro de treinta. Los dos están solteros.

Puse la cadena de Barbie dentro de la caja y la observé con interés. En mi rostro se dibujó una pequeña sonrisa, como si la imaginación le diera cabida a la posibilidad de algo nuevo, como si el ángel me levantara y me llevara lejos.

Querido diario:

Hoy por la mañana convencí al cocinero de que no usara glutamato monosódico para sazonar el arroz. Preparamos un consomé de paprika, caldo de tomate y ajo. Omitimos la cebolla para que las niñas se fueran acostumbrando poco a poco a los nuevos sabores. Ahora que lo pienso, sí me gusta mi trabajo. Me llena de orgullo que las niñas se alimenten mejor gracias a nuestro esfuerzo. Se enferman menos y le ponen más ganas al estudio cuando comen de manera saludable.

Me siento útil, a pesar de que la soledad no es una buena compañera. ¿Por qué Barbie no se atrevió a decirme que se iba sin boleto de vuelta? Debí haberlo sospechado. En parte fue mi culpa por no haberla dejado que fuera libre.

Ella no sabe cuánto la extraño. Quisiera tenerla una vez más a mi lado y la invitaría a la heladería para celebrarlo.

En su pequeño mensaje ni siquiera me habló de Inés o de papá. No mencionó la casa de Guatemala, quizá para no recordar cosas dolorosas.

Quien quiera que haya tildado a papá de insurgente no sabía que era un hombre compasivo que adoptaba niñas huérfanas y no tenía tiempo para otra cosa más que trabajar y cuidar a sus hijas. Éramos unas chiquillas sin nadie en el mundo. Agustín Barrundia nos llevó a su casa y nos trató como parte de la familia. Nos entregó los juguetes de Inés y nos leía libros todas las noches. Llegamos a amarlo tanto como a un verdadero padre, pero como la nuestra no es una historia de hadas, tuvimos que dejar Guatemala y venirnos a vivir con tía Catalina a Los Ángeles. Tía Catalina nos adoptó en memoria de su hermano, a quien consideraba un santo y un mártir. Después de nuestra partida no recibimos ninguna noticia de Mirella, la esposa de papá. Nunca preguntó por nosotras ni nos vino a visitar. Vendió la casa sin mandarle ni un centavo a tía Catalina.

No sé para qué escribo todo esto. Quizá sólo quiera desahogarme. Me encanta el hermoso regalo de mi hermana, me alegra que haya pensado en mí, y que me haya recordado que tengo un ángel de la guarda.

Temprano al día siguiente me pasé las manos por el cuello para asegurarme de que tenía la cadena. Era como un amuleto que me recordaba que no estaba sola.

Revisé mi lista de quehaceres. Lo primero que debía hacer era lavar la lechuga y demás verduras para completar la barra de la ensalada: zanahorias, tomate, rábanos y apio. Adela se encargaría de atender la barra de comida caliente, lo que solía hacer Barbie. La hora del almuerzo comenzaba a las once y media de la mañana y se extendía hasta la una y treinta de la tarde. El colegio era pequeño comparado con las escuelas públicas y las niñas guardaban orden como en todo reconocido establecimiento religioso. Adela se aseguraba de que los tanquecitos de las bebidas se mantuvieran llenos. Las niñas podían escoger entre leche, jugo de naranja o ponche de frutas. El agua embotellada la compraban por cincuenta centavos de dólar, lo cual a Adela todavía le parecía oneroso.

—Si me venden el agua, prefiero tomar jugo —decía.

Yo trataba de explicarle que el agua embotellada no contenía cloro ni minerales nocivos para el cuerpo, y que también habíamos implementado un programa para reciclar el plástico. Adela no parecía estar convencida con la explicación.

Tenía más de quince años de trabajar en la cafetería y muy pocas cosas habían cambiado desde entonces. Seguíamos en el mismo edificio, al cual las niñas llegaban desde los seis años y se iban cuando cumplían dieciocho, ya hechas unas señoritas. Todo habría seguido igual de no ser por la ausencia de Barbie.

—¿Cenamos juntas? —me preguntó Adela cuando el turno de trabajo concluyó.

Yo estaba distraída con mis dilemas existenciales. Hacía mucho tiempo que no me preguntaba acerca del significado de la vida.

—¿Compramos tamales? —agregó Adela.

Asentí con la cabeza y las dos salimos de la cocina.

—¿Qué haces después del trabajo?

—Me quedo en mi cuarto haciendo la limpieza o me entretengo con los libros y la bicicleta estacionaria.

Adela no quería dejarme sola pero yo insistí en que estaría bien. En ese momento no estaba de humor para salir.

Querida Barbie:

Aunque confieso que me haces mucha falta, quiero que seas tú misma. Ahora me doy cuenta de que no te trataba como una hermana, sino como una mamá regañona. Siempre me quisiste complacer y respetaste mi opinión. Te llevó muchos años rebelarte ante mis deseos y me culpo por haberte hastiado con tantas reglas y restricciones. Si volvieras, te dejaría comer todo lo que quisieras y salir a pasear los fines de semana. En el verano, te invitaría a la playa de Santa Mónica. Hace mucho tiempo que no voy a recibir sol ni a caminar descalza por la arena.

Gracias por enviarme a Adela. Es incansable y me alegra con sus ocurrencias. ¿Tomar una clase de salsa? ¿Te lo puedes imaginar? Se parece a ti en lo optimista.

Ya no estoy saliendo a repartir propaganda de la iglesia los sábados por la mañana. Me he dado cuenta de que no lo hacía por devoción sino por capricho. Quería demostrarte cuál era el camino cristiano, pero mi motivación principal era mantener una posición de autoridad. Estaba siendo hipócrita contigo y conmigo.

Buena excusa lo del viaje misionero. Sabías que no podía impedirte que te fueras. Ahora eres libre de hacer lo que tu corazón te mande y, por vez primera, confío en ti. Confío en que tomarás buenas decisiones. Si en algún momento te equivocas, encontrarás tu camino.

El hijo de Adela va a venir desde San Francisco y vamos a salir a cenar juntos el próximo sábado. Estoy preocupada porque no tengo ropa apropiada. No es que quiera coquetearle, simplemente quiero darle una buena impresión ya que ella le ha hablado tanto de mí…

Antes de que enviara el mensaje, mi teléfono sonó. Era Barbie la que me llamaba.

—Tenemos telepatía —le dije.

—¿Qué hay de nuevo?

—Voy a conocer Fabio, el hijo de Adela, y no tengo idea de lo que voy a ponerme. Vamos a ir al *Huntington Hotel*.

—¿Te invitó a salir?

—No exactamente. Adela me invitó a salir con ellos, y espero darle una buena impresión al muchacho. No quiero que piense que soy una anticuada. Tengo siglos de no comprarme ropa nueva.

—Te quedaría precioso un traje de pantalón y saco con una blusa ajustada al cuerpo.

—¿No se te hace muy formal?

—Escoge un color femenino para el traje, como magenta o turquesa. Pienso que una blusa de cuello de tortuga luciría muy bien con un pañuelo de seda.

—¿Y los zapatos?

—Botines que combinen con tu cartera.

—Gracias por aconsejarme.

—No podía dormir y me pregunté, ¿en qué líos estará metida esa Maggie?

—Tengo el borrador de un mensaje casi listo para enviártelo. ¿Has recibido los anteriores?

—Sólo uno.

—Bórralo y espera el segundo.

—*Okay*.

¿Qué tal van las clases de inglés?

—Bien. Pero tengo una pregunta.

—¿Qué pregunta?

—¿Estás enojada conmigo?

—¡Barbie! Por supuesto que no.

—Sólo quería estar segura de que no estuvieras enojada. Te quiero mucho y te extraño.

—Yo también a ti.

Estaba tan ocupada pensando en la ropa que me pondría para conocer a Fabio, que dejé a un lado la melancolía. Comenzaba a desarrollar el gusto por mi nueva vida a pesar de que ya no la compartía tan de cerca con mi hermana. Cada una de nosotras tomó un rumbo distinto y cada una debía encontrar la solución al dilema de su existencia.

CAPÍTULO 4

San Martín, Bolivia, marzo de 2007

Un día en que la novicia Martina recorría las calles de San Martín, se dobló el tobillo pasando por una zanja en la vereda hacia la iglesia. La gente del pueblo la llevó a la clínica, donde Juan Antonio le examinó el pie y se lo vendó. Luego la acompañó de vuelta al convento. Él se despidió, no sin antes recomendarle que fuera más cuidadosa.

—¿Cómo que no tiene esposa? —le preguntó la hermana Martina al doctor Espinosa. Desconociendo el amor del doctor por Inés, se extrañaba de que un hombre de la edad de Juan Antonio estuviera soltero.

—¿Cómo la mantendría? Soy médico voluntario y no devengo salario —le explicó Juan Antonio, quien le había tomado mucha simpatía a la novicia.

—Las mujeres de por acá son muy trabajadoras.

—¿Me sugiere que me case con alguna de ellas?

—Exacto. No es bueno que el hombre esté solo, según la escritura.

Más tarde ese mismo día, la hermana Martina se presentó en el despacho de sor Inés con el tobillo vendado.

—¡Es horrible, horrible!

—¿Qué le pasa, hermana, le duele mucho?

—No, para nada. Es más, quiero que me duela.

—No la entiendo.

La hermana Martina se limpió la nariz con un pañuelo.

—Lo horrible es que estoy enamorada.

—¿Y eso qué tiene que ver con el tobillo?

—Es toda la culpa del tobillo. ¡Soy tan desdichada! —dijo, llorando como una niña.

Inés se acercó a la novicia bajando el volumen de su voz.

—¿Acaso fue el doctor irrespetuoso?

—No, Madre, para nada. Fue muy amable. Me vendó el tobillo y me ayudó a caminar apoyada de su brazo.

—Entonces usted sólo se imagina cosas.

—No me imagino nada. Lo siento. Siento que me quedo sin aire y que el corazón se me acelera.

—¿Lo tiene acelerado ahora?

—Y también he perdido la cabeza.

—¿Hizo sus rezos?

—No he podido concentrarme por más que trato.

—Pida perdón.

—¿Perdón por lo que siento?

—No, perdón por lo que piensa —dijo Inés, apuntándose la cabeza con el dedo índice.

—No, si no pienso nada. Como le dije antes, he perdido la razón.

—Tonterías, si no quiere recobrar el juicio es porque no quiere. Póngase firme.

—No puedo pararme firme, hermana, me duele el tobillo.

—Quise decir que sea firme en su convicción.

—Es que ya no sé lo que creo.

Inés golpeó su lápiz contra la mesa en señal de impaciencia, pero respiró profundo pensando en una solución al dilema de la novicia Martina.

—Le receto que se confiese con el cura.

—¿Me receta?

—Le recomiendo, quise decir.

—Gracias, Madre. ¿No me acusa?

—¿Por perder la cabeza? No. Pero tan pronto como la recupere, ya no se tuerza los tobillos.

La hermana Martina finalmente se quedó callada. El retrato del Cristo en la oficina de Inés le recordó sus votos de castidad. Sabía que debía arrepentirse por el torbellino de emociones que le provocó su intercambio con el doctor Espinosa. Al salir del despacho de sor Inés, la novicia se arrodilló ante el altar y rezó con una vela encendida: "Señor, perdóname por olvidar quién soy, por perder el control de mis emociones y por andar descuidada. Soy una muchacha tonta, muy tonta. Esta es mi nueva casa y las hermanas son mi familia. No me desampares ni te olvides de mí".

Lago Titicaca, marzo de 2007

Desde tiempos inmemoriales, el lago Titicaca fue considerado un lugar sagrado por los nativos. Conforme a la leyenda aimara, en la isla del Sol se estableció que los astros fueran puestos en el cielo para darle luz al mundo que estaba en tinieblas. El dios Viracocha salió del lago Titicaca y se fue de allí al lugar del lago donde hoy está Tiahuanaco. En la ciudad de Tiahuanaco, el dios Viracocha usó barro para formar todos los pueblos en esas tierras, escogió los colores de la ropa y le dio a cada uno su lenguaje y su música. También les dio las comidas, semillas y vegetales con los que se sostendrían.

Tiahuanaco surgió mil años antes de los incas y floreció hasta el año 950 después de Cristo. Sus habitantes desaparecieron, dejando pirámides y templos de adobe o piedra y estatuas humanas que se parecían mucho a los gigantes de la isla de Pascua. Esta civilización que construyó su ciudad cerca de la costa sur del lago Titicaca probablemente hablaba aimara, pero cuando los incas formaron su imperio, los agricultores aimaras no pudieron decirles quién creó los enormes monumentos.

La razón principal por la cual Juan Antonio se interesó tanto en la historia del lago fue que el doctor Ríos le sugirió acompañar a Inés en su próximo viaje misionero. Aunque el lago abarcaba buena parte de Bolivia, Inés viajó al oeste del lago y noreste de Puno para predicarles a las mujeres del Perú, entre el lago Titicaca y las montañas que rodeaban la ciudad de Puno. Era un viaje de casi tres horas desde La Paz. La última vez que Inés visitó a las mujeres del lago con las hermanas del convento, tuvo en mente darles clases de catecismo; en su lugar, las lugareñas les mostraron a las novicias cómo hacer tejidos con lana. Eran más hábiles en las artesanías que cualquier mujer del convento y además eran buenas comerciantes.

La intención de la nueva visita de Inés sería promocionar el convento con las muchachas jóvenes, ya que el número de novicias había disminuido en los últimos años. La acompañaron Juan Antonio y un mozo mestizo. Los nativos les hablaron en quechua y aimara y el mozo les sirvió de intérprete. Las mujeres vestidas con sus coloridas polleras y medias gruesas se sentaban de cuclillas a tejer con ganchillo mientras que los hombres pescaban con redes. Existían, según les dijeron en esa época, unas sesenta islas flotantes en las azules aguas del lago.

El intérprete llevó a los visitantes a una posada construida con doradas espigas de totora. Las barcas y todas las construcciones de los hombres del lago estaban elaboradas con las mismas espigas que flotaban en el agua como una balsa gigantesca, de allí el nombre de islas flotantes. Afortunadamente, el dueño de la posada y su esposa hablaban español, así que mientras Juan Antonio y el dueño fueron a dar una vuelta en barca, Inés se quedó platicando con la mujer del dueño y le relató la historia de cómo había llegado al pueblo de San Martín.

—Usted quería volverse devota de la Virgen —le dijo la mujer, quien resultó ser mucho más ambiciosa de lo que Inés esperaba—, porque perdió a sus padres. Mis hijas no son huérfanas. Ellas quieren ir a la escuela y viajar a la ciudad.

—En la Casa de las Hermanas les damos estudio, casa y comida. Leemos la Biblia, rezamos, vamos a misa —dijo Inés.

—No quiero que mis hijas estén encerradas. Pueden hacer todo lo que usted dice sin necesidad de vivir en el convento. No estoy de acuerdo con que no se casen.

—Le dedicarían su vida a Dios. Pero esto, por supuesto, es una decisión personal. Es natural que las mujeres tengamos el deseo de formar una familia. El convento es nuestra familia.

En lo poco que tenía de estar en las islas Inés pudo comprobar que tanto el dueño de la posada como su esposa no tenían reservas en cuanto a expresar sus opiniones. Por la noche, después de haber disfrutado del chairo, la sopa que preparaba la dueña, Inés se quedó profundamente dormida en su pequeña habitación flotante. La agotaron el viaje y las pláticas de evangelización.

Juan Antonio durmió esa noche como un niño arrullado por el suave movimiento del lago que lo trasportaba a las nubes, principalmente porque Inés se encontraba durmiendo en la misma isla flotante. Se sentía dichoso de haber encontrado a esa mujer que tanto amó en su juventud.

***

La vio por primera vez a los dieciséis años, cuando Inés estudiaba bachillerato en el colegio. Las colegialas frecuentaban un centro comercial muy popular en la zona central de la capital de Guatemala. Las faldas cuadriculadas del uniforme las hacían parecer a todas similares, pero cada una de ellas tenía su personalidad y su atractivo particular. Las había morenas llenitas, morenas delgadas, blanquitas altas y pequeñas, risueñas y serias. Inés se veía ese día un tanto solitaria en la fila de la pizzería. Juan Antonio estaba detrás de ella tratando de encontrar una excusa para hablarle. De pronto, a Inés se le cayeron unas monedas al suelo y él le ayudó a recogerlas. Ella le sonrió en agradecimiento y esa simple sonrisa lo dejó cautivado para siempre.

—¿Vienes aquí con frecuencia?

—Me gusta esta pizzería.

—A mí también. Vengo casi todos los viernes. ¿Vives cerca?

—Por la Avenida Elena.

—Yo vivo en Vista Hermosa, pero mi colegio queda cerca del tuyo —dijo Juan Antonio, reconociendo el colegio de las muchachas por el uniforme que llevaban.

—¿Nos sentamos juntos?

Así empezó la amistad entre Juan Antonio e Inés. Ambos tenían cierto grado de timidez impregnada en sus personalidades, pero la atracción entre ambos fue más poderosa que sus miedos. Podían conversar con facilidad ya que él hacía muchas preguntas e Inés estaba dispuesta a responderlas. Se sentía a gusto porque él guardaba su distancia y no la obligaba a hacer nada que la incomodara. En el cine nunca trató de besarla, como lo habían hecho otros muchachos. También lo prefería a sus compañeras del colegio porque, a diferencia de Juan Antonio, éstas eran bullangueras y a menudo querían llamar la atención. Juan Antonio era reservado sin dejar de ser amistoso. La llevó a su casa en varias ocasiones para escuchar música y en otras tocó a su puerta con el pretexto de pedirle prestado un libro o un disco. De esta manera, Juan Antonio frecuentó el domicilio de la familia Barrundia. Inés era la mayor de las hermanas y, por ende, llevaba una vida distinta. Salía de la casa con mucha independencia y ya no dependía de las empleadas para que la cuidaran por las tardes o la llevaran al colegio por las mañanas.

Dos años después, la universidad los unió mucho más. Él hablaba con ella todas las mañanas antes de las clases. Iban juntos al cine los fines de semana y hasta se atrevían a caminar de la mano por las calles. La Inés de la Ciudad de Guatemala habría sido irreconocible en San Martín. La mujer que por veinticinco años se había cubierto la cabeza con un manto, en ese tiempo salía a la calle con el cabello suelto y recién lavado. Era libre de vestirse como le diera la gana, prefiriendo los tonos de rojo y negro, los cuales le favorecían con su negra cabellera. No le importaba el día de la semana o lo que la gente pensara. No existían los sacrificios ni las reglas del convento. Libre de ir por donde le placiera y de realizar lo que su corazón le dictara, sonreía y hablaba sin preocuparse de ser juzgada por sus preferencias. Todo permaneció así hasta que su tranquilidad y la de su familia se vieron acechadas.

Juan Antonio e Inés creyeron que nunca se separarían y que el lazo que los unía sería lo suficientemente fuerte para librarlos de todo mal, pero la de ellos era una época de tempestades silenciosas y muertes clandestinas de las que la gente no hablaba por temor. Muchos caminaban sin desviarse de su ruta y hablaban solamente lo necesario. Juan Antonio e Inés no deseaban correr la misma suerte que sobrellevaron los cadáveres fotografiados en los periódicos. Dos compañeros universitarios habían desaparecido. Juan Antonio vio la fotografía de uno de ellos echado boca abajo con impactos de bala en la espalda. Reconoció su rostro en un tiempo robusto, estudiante con un porvenir brillante tumbado en la calle, sin hálito de vida.

Y luego, Inés. Desaparecida también. Por suerte su fotografía no se exhibió en esos periódicos fatídicos. Su cuerpo no engrosó los cadáveres de las morgues y su nombre no figuró en las listas de muertos. Aunque Inés estaba viva, toda esta historia era muy triste de recordar y Juan Antonio logró enterrar esa etapa de su vida en el baúl del olvido. Inés, por el contrario, que no había sobrellevado la muerte sino el destierro, todavía sufría las secuelas del asesinato de su padre. Esa tragedia le impedía sonreír como lo hacía en el tiempo en que Juan Antonio la conoció. Eso era, entre otras cosas, lo que le truncaba su felicidad.

**

Juan Antonio e Inés se despidieron de los hombres y mujeres del lago. El intérprete tomó un rumbo diferente, mientras que ellos salieron para Copacabana, la conocida ciudad boliviana en las orillas del lago Titicaca. Allí visitarían la Basílica de la Virgen de la Candelaria o Virgen Morena. La iglesia era un centro importante de peregrinaje para la gente católica de Bolivia y Perú. Se tenía por costumbre visitar la capilla para encender una vela por cada persona querida, rogando la protección de parte de la virgen.

Sentado junto a ella en el autobús, Juan Antonio tuvo la oportunidad de conversar con Inés.

—¿Has hablado con Mirella?

—Para nada. Mi vida en Guatemala ha quedado atrás. No tengo ningún contacto.

Sus respuestas eran cortas e iban al grano.

—¿Para quién encenderás las velas en la basílica? —Juan Antonio supuso que mencionaría a sus hermanas.

—Cuando llegué a San Martín lo adopté como mi casa y mi familia. Mis rezos son por la Casa de las Hermanas y por la gente pobre, porque no nos falte el sustento ni el techo, y porque los necesitados encuentren el camino hacia el convento.

—¿Alguna vez has intentado ponerte en contacto con tus hermanas?

—Han pasado tantos años que ya ni siquiera las reconocería —dijo sin dar una respuesta concreta.

Conversaron de la salud de los pacientes de la clínica de San Martín, en su mayoría gente que Inés conocía. La monja no estaba interesada en tomar ninguna caminata para admirar el bello paisaje del lago ni las islas del Sol o de la Luna, así que al llegar a la ciudad se marchó directamente a la basílica. Juan Antonio caminó por los alrededores durante el día y, ya entrada la tarde, subió a una colina donde pudo admirar la puesta del sol bajo el cielo de Copacabana. El espectáculo se reflejaba sobre las aguas del lago, mientras que los rayos de color mandarina brillaban debajo de nubes grises, dándole a la ciudad un toque cálido y, al mismo tiempo, un humor tristón. Habiendo disfrutado de la vista, Juan Antonio bajó de la colina camino de vuelta hacia el hotel. Estaba consciente de que, para Inés, él no era mucho más que un amigo doctor, pero se sentía satisfecho de haber colaborado con la monja en su viaje misionero.

***

"Encontraré a Margarita y a Barbie", se dijo Juan Antonio para sí mismo, "me pondré en contacto con ellas y las convenceré de venir a Bolivia".

Estaban ya de vuelta en San Martín y Juan Antonio hizo el intento de tomar a Inés de la mano para bajar la vereda empedrada en la entrada al convento, pero ella le rogó que perdiera cuidado. Inés actuó con sentido común al no ponerse el hábito durante el viaje de regreso. Su negra cabellera lucía lustrosa y los pocos cabellos blancos pasaban inadvertidos. Llevaba pantalones de color kaki y una camisa gruesa de algodón. Su cabello lo aseguró con una trenza.

Juan Antonio la seguía amando a pesar de la indiferencia de ella. Se conformaba con una amistad distante y la esperanza de que un día dejaría el hábito para ser su mujer. Él disfrutó enormemente del viaje y se atrevía a creer que ella también. El poder estar solos, hablar de asuntos personales, sentirse que realizaban un trabajo en equipo y en un par de ocasiones, él tomándola de la mano para subir o bajar de la barca con los hombres del lago. El tener a Inés tan próxima le hacía creer que el amor que habían compartido muchos años atrás aún seguía vivo. La esperanza de ganarse su afecto no estaba del todo perdida. Quizá el corazón de la monja era capaz de amar a otro ser humano casi tanto como amaba su compromiso con Dios. Inés se mostró optimista más de una vez durante el viaje, quizá inadvertidamente, pero dándole al doctor la fuerza requerida para esperar un milagro en cuanto a la relación entre ambos. Llevaría grabada la sonrisa de la monja a donde quiera que fuera.

—Disfruté mucho este viaje, gracias por haberme permitido acompañarte.

—Gracias a ti. Me ha hecho bien el cambio de rutina —dijo Inés.

Él se abstuvo de estrecharla en sus brazos. Le dio un fuerte apretón de manos y se marchó apresurado, antes de que ella pudiera quejarse de que la hubiese tocado. No le dijo de su próximo viaje a Guatemala. Tenía la vaga ilusión de que lo extrañaría tanto como él a ella, de que esperaría su regreso con ansias.

Esa noche no dejaba de repasar en su mente el viaje con Inés. Logró conciliar el sueño por unos minutos, sólo para soñar que acariciaba y besaba la gruesa trenza de cabellos oscuros. Despertó y sintió sed, sed de amor y de añoranza. Se levantó y empezó a preparar su maleta para el nuevo viaje. Escribió una carta para el doctor Ríos disculpándose por partir sin previo aviso, asegurándole que no tardaría más de una semana en volver. Antes de partir del pueblo quiso pasar por el despacho de Inés para despedirse, pero cambió de opinión.

CAPÍTULO 5

Los Ángeles, California, marzo de 2007

—¡Sorpresa!

—Nunca esperé que me llamaras tan pronto.

—Cuéntame cómo es. ¿Es alto? ¿Es guapo?

—No es alto.

—¿Delgado, gordo, moreno, blanco?

—Piel morena, delgado y de mediana estatura. Ojos negros, cabello azabache.

—¿Tienes una foto?

—Sí, pero no se parece nada a como es en la realidad.

—Suena como un chico único.

—Nunca he tenido suerte con los novios.

—No seas tan dura contigo misma. ¿Cuándo vas a volver a verlo?

—No sé, pero espero que me invite a salir.

—¿Por qué no lo invitas tú?

—Va a creer que estoy desesperada.

—Llámalo y trátalo como quieres que él te trate a ti. Disfruta de su amistad.

Volví a darme cuenta de cómo los papeles se cambiaron desde que Barbie se marchó de Los Ángeles. Ahora ella me cuidaba en la distancia, me daba consejos y apoyo. Adela era una buena amiga, pero no podía hablarle de Fabio ni de mis sentimientos.

Hablé con Barbie hasta las diez de la noche. Era hora de irme a la cama. Abrí la llave del agua fría y mojé el cepillo antes de ponerle el dentífrico. Terminé de lavarme los dientes y apagué la lámpara para acostarme. No leí el proverbio como fue mi costumbre por muchos años sino que leí un capítulo del *memoir* de una de mis escritoras favoritas quien, a sus cuarenta años, se encontraba sin un compañero en la vida. Un amigo le hizo una declaración con la que yo me identifiqué perfectamente:

Tú atraes a las personas y luego las repeles.

Pensé que de nada me serviría hacerme amiga de Fabio porque pronto se alejaría de mí.

Esa noche tuve un sueño. Tomé un autobús que despegó del suelo como un avión. La ciudad de Los Ángeles se fue haciendo más pequeña hasta que la perdí de vista. Desde la ventana les dije adiós a Adela y a Fabio; pronto aterricé en la Ciudad de Guatemala. En ese momento me desperté y me pregunté si recibiría alguna sorpresa inesperada, pero preferí no hacer conjeturas.

Los Ángeles, California, abril de 2007

Era una Semana Santa que coincidió con el feriado de primavera y las niñas se quedaron en sus casas. El colegio estaba cerrado y por ende la cocina. Adela aprovechó las vacaciones para hacer un viaje de crucero con sus amigas y yo me propuse no derramar una sola lágrima durante su ausencia. La semana de descanso me serviría para organizar mi vida, meditar y planificar mi futuro.

Como era mi costumbre, me rasuré las piernas y las observé minuciosamente. Sin venas varicosas, piel firme y suave. "Hacer un poco de ejercicio me caerá bien, para mantener las cosas como están", pensé. Me ajusté los zapatos deportivos y luego metí unos pantalones cortos y una *t-shirt* en mi bolsa para salir de inmediato.

Me tomaría aproximadamente veinte minutos llegar al centro comunitario. Me pregunté si Oscar, el chico del gimnasio, tendría alguna nueva máquina o un nuevo ejercicio que mostrarme. Pero Oscar se tomó el día libre y entonces decidí subirme a una bicicleta elíptica. Tendría tiempo para pensar.

Si hubiera sido la última semana de mi vida, ¿qué habría hecho? ¿habría querido estar sola? ¿a dónde iría o en dónde me quedaría? Barbie fue mi eterna compañera y la perdí en un viaje misionero. Habría preferido estar con ella, de eso no cabía duda, pero Barbie parecía haber encontrado lo que quería hacer el resto de su vida y yo no tenía derecho de interferir; en el pasado me había involucrado en sus asuntos más de lo necesario, aunque lo hice sin darme cuenta.

La realidad volvió a darme una sacudida de hombros. Estaba sin Barbie y sin nadie. Ni siquiera el gato Rufus me acompañaba. Regresaría a mi habitación y prepararía una *frittata*. Pondría a freír tiras de cebolla, florecitas de brócoli y tiras de chile pimiento. Los mezclaría con huevos y queso rallado. A todo eso le agregaría los restos de papa cocida y jamón del día anterior. Lo pondría todo en una cazuela en el horno. Hornear me tomaría treinta minutos y, mientras esperaba, no tendría nada que hacer más que pensar de nuevo.

¿Mudarme para Guatemala?

Guatemala era mi lugar de nacimiento y eso únicamente. Planificaría un viaje de turismo, quizá, cuando la ocasión lo ameritara. En ese momento no tenía necesidad de ir muy lejos.

"¿Qué me gustaría hacer?", me pregunté de nuevo. Tanto mi padre adoptivo como mi padre biológico eran abogados, pero no sabía nada de mi mamá. La esposa de mi padre adoptivo no contaba como mamá porque nunca se ocupó de mí ni de Barbie. Nos mandó "en encomienda" a los Estados Unidos acompañadas de una maleta de ropa que en menos de un año nos quedó muy chica. Dos pares de zapatos. Un par de muñecas.

Por muchos años me dejé llevar por la rutina del trabajo. Sentí el deseo de escribir todos mis pensamientos y enviarle una carta a mi hermana. Quería escribir muchas cartas, no importaba si nadie las leía. Al salir del gimnasio me compré una nueva libreta y una pluma. Me senté en el patio del colegio, en la banca junto al viejo ciprés. "No estoy sola", escribí. "Puedo llamar a Barbie en este mismo momento si lo deseo. Puedo rezar y rogarle a Dios por su protección. Me gusta la vida que llevo. Me gusta mi trabajo y este lugar que es mi casa porque me acogió cuando murió nuestra tía. Barbie escogió irse y buscar nuevas aventuras. Yo quiero quedarme aquí. Me gustan este jardín y los cipreses. Me gusta ir a la tienda de libros usados y leer novelas e historias".

Me quité los zapatos y toqué el tibio concreto. Observé mis pies delgados y pálidos. No tenía fotos de mi mamá ni de mi papá y quise saber quién de los dos tenía los pies como los míos. Moví los dedos y luego me paré de puntillas. El sol de la mañana me daba en la cara, los brazos y las piernas. La imagen de Barbie se me apareció de repente y le sonreí a la imagen. Quise que el viento se llevara mis pensamientos hasta la Antigua Guatemala y encontraran a Barbie. Últimamente le había escrito acerca de todo lo que me pasaba porque no me avergonzaba de compartir con ella mis miedos e incertidumbres.

Ella prefería hablarme por teléfono a escribir cartas.

Ciudad de Guatemala, marzo de 2007

Juan Antonio salió del aeropuerto de La Paz con rumbo a la Ciudad de Guatemala. Al bajar del avión buscó su maleta y tomó un taxi hacia la casa de su madre. Era su propiedad, siendo hijo único, pero estando soltero no le era imprescindible tener un lugar estable. Su madre había enviudado unos años atrás y su hijo era lo que más amaba. Que él se hubiera mudado a Bolivia en busca de Inés era una pena para doña Elena a pesar de que la felicidad de Juan Antonio estaba por encima de todo.

A lo largo del Bulevar Vista Hermosa divisó nuevos centros comerciales los cuales no pensaba visitar a menos que fuera para acompañar a doña Elena. Se acaloró y bajó la ventana del automóvil para aspirar el aroma húmedo de esa ciudad capitalina. Llegaron a la vieja casa. Apenas si le habían abierto la puerta cuando su madre lo abrazó y lo besó.

—¿Cómo estás, mi tesoro? —dijo la dama de baja estatura. Aunque amaba a su madre con toda su alma, el cariño por Inés lo llevó muy lejos de ella y de Guatemala.

—Muy bien.

—Te he extrañado tanto.

Por un momento Juan Antonio se sintió culpable de haber abandonado a la vieja mujer que lo había visto crecer y hacerse un hombre. Pese a todo, su partida se justificaba porque estaba seguro de que Inés era la mujer de su vida, la mujer por la cual estaba dispuesto a hacer cualquier sacrificio.

—Tengo un nuevo plan para conquistar a la mujer de mis sueños —le dijo, con una pequeña mueca burlona.

—Te veo muy delgado —dijo ella—, sin reparar en el comentario de su hijo.

El familiar olor de sus rizos estilizados y teñidos lo alcanzó.

—Parece que los sueños no te han llenado la barriguita —agregó doña Elena.

—He estado construyendo castillos en el aire. La comida es en lo que menos he pensado últimamente. Prefiero escribir poemas.

—¿Acaso no ganas más dinero como doctor?

—No recientemente, pero el dinero no es todo en la vida, solamente hasta que se me agoten los ahorros. Pero sí he comido, mi viejita. La comida de Bolivia es exquisita. Lo que pasa es que he caminado mucho en San Martín. La falta de automóvil me ha obligado a mantenerme en forma.

—Quisiera que nunca hubieras crecido. Podrías vivir conmigo aquí en la casa. Yo me encargaría de consentirte para que ganaras unas libritas. Estas mujeres de ahora ya no son como las de antes.

Lolita y yo, en cambio —dijo, refiriéndose a la empleada—, te hemos preparado *chuchitos* y frijolitos con plátanos fritos.

—¡Que rico! Hace mucho que no pruebo frijoles chapines ni tamales. Ya se me hizo agua la boca.

—La mujer que te conquiste habrá de ser buena cocinera.

—Eso está por verse. ¿Me regalas un cafecito?

—Por supuesto —doña Elena caminó hacia la cocina y sacó una taza del gabinete. El aroma del café de su tierra le recordaba a Juan Antonio su trabajo en los hospitales de Guatemala, los desvelos y los turnos de la noche. No extrañaba nada de eso, pero sí había extrañado las atenciones de su madre.

—Tengo varios postres para que escojas el que más te guste.

A pesar de todas las gentilezas y el amor de doña Elena, Juan Antonio pensaba en Inés. Se preguntaba si lo extrañaba o si al menos notaba su ausencia.

—¿Cómo van las cosas con Inés? —preguntó la señora, adivinando los pensamientos de su hijo—. Ya voy para los ochenta y todavía no soy abuela.

Juan Antonio sonrió, pero su sonrisa se disipó al pensar que Inés no tenía hijos y quizá nunca los tendría.

Antigua Guatemala, marzo de 2007

Juan Antonio tenía otro asunto en la mente. Hablar con Mirella Barrundia, la viuda de don Agustín. La poca información que Mirella le proporcionó con respecto al paradero de Inés había sido crucial para que encontrara el Convento de San Martín. Quería platicar de algo importante, le comentó, sin darle más detalles. Mirella le respondió de buena gana y acordaron reunirse dos días después con él y doña Elena en un restaurante en la Antigua.

La viuda del abogado se conservaba bien a los sesenta y cinco años. Doña Elena la halagó por su elegancia y buena figura.

—Me siento joven —dijo Mirella—. La vida ha sido dadivosa conmigo a pesar de la trágica muerte de mi marido, que Dios lo tenga en la gloria.

Ordenaron comida y Mirella les habló de su nueva casa.

—¿Y cuál es el asunto del cual querías hablarme? —preguntó la viuda, con una amplia sonrisa dirigida a Juan Antonio.

—Quisiera saber del paradero de Margarita y Barbie.

La viuda habría querido escuchar cualquier cosa menos los nombres de sus hijastras de quienes logró deshacerse veinticinco años atrás. Fue muy fácil con Inés, pero las niñas más pequeñas le dimos más trabajo. Nos tramitó visas estadounidenses para que pudiéramos mudarnos a la casa de la tía Catalina en Los Ángeles. El trámite resultó largo y tedioso, pero el traspaso de custodia le evitó a Mirella el trabajo de hacerse cargo de nosotras.

—Me alegra que te intereses por las hijas de mi esposo —dijo Mirella, con un tono de alegría fingida—. Te confieso que a mí nunca me han llamado. Con todo, no les guardo rencor por no acordarse de mí. Siempre les tuve afecto y se los sigo teniendo. No sé de Margarita pero Barbie está de vuelta en Guatemala.

—¿La has visto? ¿Tienes su número de teléfono?

—En las redes sociales se puede averiguar todo. Barbie vive como pensionista aquí en la Antigua. Hablamos brevemente en una ocasión. Búscala en el Facebook, se ha hecho maestra en una escuela de párvulos, no recuerdo el nombre exacto.

—Esta información vale oro. No sé qué habría hecho sin ti.

—No exageres, Juan Antonio —dijo Mirella, sintiéndose alagada—. Me encanta que me tutees. Me siento en confianza. Veo que también tuteas a tu mamá.

—Pero no te creas que Juan Antonio vaya a faltarte el respeto —dijo doña Elena—. Mi hijo es todo un caballero. ¿Ya te contó que trabaja como médico voluntario en Bolivia?

—No me ha contado nada, pero me imaginé que estaba fuera del país porque no había tenido el gusto de encontrármelo sino hasta ahora.

Juan Antonio se percató de la falta de interés por parte de nuestra madrastra hacia nosotras. No hizo comentarios al respecto porque le convenía tener buenas relaciones con Mirella.

Pasaron una velada degustando antojitos de Guatemala. Juan Antonio le envió un mensaje a Barbie tan pronto como pudo. Se presentó como amigo de Inés y de la familia su padre. Le dio a conocer que había hecho un viaje misionero con Inés en Bolivia, ocurriéndosele que las hermanas pudiéramos reunirnos de nuevo. Acordaron juntarse unos días después en la heladería italiana de la Calle del Arco en la Antigua Guatemala.

CAPÍTULO 6

Antigua Guatemala, marzo de 2007

—¿Para qué quieres irte a los Estados Unidos? —le preguntó Barbie a Ramiro, un antigüeño al que la gente se encontraba por cualquier esquina tocando su guitarra—, ¿no te ha ido bien con la música?

—La música es mi pasión, pero no alcanza ni para comprar los frijoles. Ya no estoy tan joven como para que mis padres me sigan manteniendo. Tú tienes la ventaja de hablar el inglés y con eso puedes dar clases, yo en cambio sólo sé tocar la guitarra.

—No necesitas hablar inglés para aprender un nuevo oficio.

Ella se quedó huérfana y por eso la habían mandado a Los Ángeles. No entendía cómo Ramiro podía querer irse a un lugar tan lejos de su familia.

—¿Me enseñas a hablar inglés?

—Hacemos el trato si me lavas los platos y me compras un helado todos los domingos.

Lo de lavar los trastos era sólo una broma, pero el helado de los domingos resultó ser cierto. Cada domingo se reunían por la tarde en la Calle del Arco. La clase comenzaba después de salir de la heladería. Mientras jugaban a tirar la pelota a la canasta, ella aprovechaba para enseñarle a Ramiro palabras y verbos en inglés relacionados con el juego de pelota. Subían al Cerro de la Cruz y la vista de la ciudad era maravillosa aún para Ramiro, que había vivido en la Antigua toda su vida. Si el paraíso existiera, se decía Barbie, su clima sería como el de la Antigua Guatemala.

—He aprendido tanto en tan poco tiempo —dijo Ramiro—, que se me ha ocurrido que, si yo puedo hablar inglés, entonces un extranjero cualquiera puede aprender a hablar español. Vamos a poner un negocio tú y yo.

—Estoy debutando como maestra y ahora pretendes que me convierta en mujer de negocios.

—Me refiero a dar clases de español a los extranjeros; es muy popular aquí en la Antigua. Yo te consigo los clientes y tú les enseñas.

—La idea no está tan mala considerando que se te ha ocurrido algo para ganarte la vida sin depender de tu mamá. ¿Pero qué harás mientras yo esté dando las clases? ¿Cobrar la mensualidad?

—Alguien tiene que encargarse de las finanzas, las promociones y el reclutamiento. El más indicado soy yo.

—Si fuera tu esposa quizá te diría que sí, pero no le estoy buscando dueño a mi pequeña fortuna.

No obstante, Ramiro era un hombre persistente y reclutó a su primer estudiante de español a los pocos días de haber hablado con Barbie en el Cerro de la Cruz. Brandan Trenton, el candidato a pupilo, sabía hablar un poco de español, pero con cierta dificultad. Ramiro le habló de Barbie y de cómo ella dominaba perfectamente los dos idiomas y era una excelente profesora. Brandan deseaba perfeccionar su español para poder comunicarse mejor con sus estudiantes de violín.

La semana siguiente Brandan y Barbie discutieron el asunto del precio y la metodología. Las clases serían conversacionales.

—Me parece buena idea —dijo Brandan con su español precario. Era de corta estatura y cabellos lacios dorados. Barbie le calculaba unos treinta años, pero podría estar equivocada.

—Te enseñaré a hablar como hablan los chapines. Yo también he estado aprendiendo.

—*You are not from here?*

Ella resolvió contestarle en español para que comenzaran a practicar de inmediato.

—Soy de aquí —le dijo—, pero me fui desde muy chica para Los Ángeles. Regresé hace un par de meses a trabajar como maestra.

—¿No querías quedarte en Estados Unidos?

—No realmente. La Antigua me encanta, y supongo que a ti también, por eso estás aquí.

—¿Por qué la gente usa mucho "usted"?

—Le hablas a la gente de usted cuando no los conoces bien o cuando son mayores que tú. Yo te estoy tuteando por dos razones. La primera, porque creo que eres más joven que yo, y la segunda, porque me inspiras confianza. Pero también nos trataremos de usted y de vos en algunas ocasiones, para practicar las diferentes conjugaciones.

—*Fine* —dijo Brandan—. Tú eres la maestra.

Se sentaron en una banca del parque central. Por las calles se escuchaba el bullicio de los autobuses colectivos, carros, bicicletas y "tuc-tucs"*,* esos pequeños vehículos de tres ruedas que en realidad eran motocicletas para tres pasajeros y hacían las veces de taxis. La gente que observaba a la pareja sentada entre vendedores de artesanías y de comida habría dicho que sólo Brandan era el extranjero, pero en realidad, ambos lo eran, con la diferencia de que Barbie sabía hablar el idioma del lugar y conocía las costumbres de los guatemaltecos. Por ejemplo, los guatemaltecos preferían el exquisito *atol* de elote que servían las vendedoras del parque al más delicioso *gelato* de la heladería italiana.

Vivir en la Antigua era para Barbie un sueño hecho realidad. Adoraba las calles empedradas y las casas de paredes coloridas con techos de tejas rojas. Existía una infinidad de artesanías que admirar y tanta comida que probar, que para ella cada día traía un nuevo descubrimiento. En la bolsa de mano llevaba la novela *La Hija del*

Adelantado para continuar con su lectura cada vez que tuviera la oportunidad. El elocuente lenguaje de José Milla y Vidaurre la embelesaba. Se imaginaba a los personajes en su mente, vestidos de la época y rodeados de suntuosas catedrales y lujosos palacios. La arquitectura de la ciudad la transportaba a un pasado aún latente en cada piedra de sus ruinas y construcciones.

Antigua Guatemala, abril de 2007

Juan Antonio dejó a su madre en compañía de Mirella, quien gentilmente le ofreció pasar a su casa a tomar un café y a charlar. Se fue caminando hacia la Calle del Arco y entró a la heladería donde buscaría a una dama vestida de amarillo. Allí estaba Barbie con su libro en la mano y no fue difícil dar con ella. No había cambiado mucho de cuando era niña excepto porque ahora el cabello lo llevaba estirado en un rulo que la hacía verse más formal. Ella advirtió inmediatamente la emoción de Juan Antonio al relatarle sus aventuras con Inés y la gente de las islas flotantes. Compartieron fotografías y hablaron como si hubieran sido viejos amigos a pesar de que Barbie lo trataba de usted y no lo llamaba por su primer nombre sino por su título profesional, "doctor Espinosa".

—No tienes que llamarme doctor. Prefiero si me tuteas.

—Pero si yo no podría llamarlo de otra manera. Por favor no me obligue. Si conociera a Margarita, ella lo llamaría por su primer nombre, estoy segura.

—Me gustaría que las dos me llamaran por mi primer nombre y me hicieran el honor de visitar San Martín, sé que suena como una idea descabellada pero deben aprovechar la oportunidad que voy a ofrecerles. Viajo a menudo y acumulo puntos por millas recorridas. En este momento puedo comprar boletos para que las dos viajen a Bolivia desde Guatemala.

—Dudo que logremos traer a Margarita a Guatemala. Y mucho menos ir a Bolivia. A ella no le agradan los viajes repentinos —dijo

Barbie. Sin embargo, le pareció que era una buena idea la de reunirse con Inés después de tantos años de separación.

—¿Te gusta tu empleo? —preguntó Juan Antonio.

—Mucho. Me mantengo ocupada. No he salido de la Antigua desde que llegué a Guatemala.

—Es el momento perfecto para que te vayas de paseo. Como te dije antes, sólo tenemos que lograr que Margarita nos acompañe.

En San Martín no se experimentaba tanta algarabía como en la Antigua Guatemala durante la Semana Santa ya que la gente viajaba a las ciudades cercanas para las festividades, pero Juan Antonio se lo calló.

—Usted no conoce a mi hermana, es muy testaruda.

—Conozco a la otra, y me a atrevo a decir que es igual, pero la amo desde que era una muchacha.

Habiendo dicho estas palabras, se percató de su error. No era su intención confesarle a Barbie de sus sentimientos hacia Inés.

—Pero Inés es una monja —dijo Barbie, un tanto confundida. En ese momento de vulnerabilidad por parte del hombre que estaba frente a ella, sintió que podría llamarlo Juan Antonio.

***

—¿Qué tal de Semana Santa? —me preguntó Barbie en el teléfono—. Se me ha ocurrido una locura. Quiero que vengas a verme ahora mismo.

—Olvídalo. Todos los aviones han de estar llenos.

—Prométeme que por lo menos vas a intentar conseguir un boleto, no importa si coges una de esas aerolíneas nuevas.

—¿Por qué no me invitaste antes? —protesté. Barbie sabía que yo prefería planificar las cosas con anticipación.

—Creí que nunca te convencería.

—Y yo pensaba que no querías verme.

—Te caerán bien unas vacaciones fuera del colegio —agregó Barbie—, y por supuesto que sí quiero verte.

—Quería ponerme al día en la lectura, pero supongo que eso podrá esperar.

—Vamos a tratar de conseguir un boleto. Nada perdemos con probar.

—Me has hecho mucha falta —le dije—. Era la primera vez que iba a tomar una decisión precipitada y mi corazón se estremecía de anticipación.

Irme fuera del país.

Lo había hecho a los diez años porque no tenía otra alternativa. Pero ahora lo haría por mi propio gusto y por mi propia gana. Era una sensación bonita la de aventurarme.

El miércoles estaría sentada en el avión para Guatemala. Me habría costado el salario de una quincena, pero vería a Barbie y me divertiría mucho más que quedándome en mi cuarto toda la semana; la oportunidad de reunirme con mi hermana fue lo suficientemente tentadora como para abandonar la lectura.

"Ahora ya no seré como antes", me prometí a mí misma. "Barbie notará la diferencia. Seré la hermana más llevadera que jamás haya tenido y no me meteré en lo que no me incumba".

Barbie no mencionó a Juan Antonio ni a Inés. El viaje a Bolivia sería una sorpresa.

***

—Ya está todo listo. Margarita aceptó hacer el viaje.

—Yo me encargaré de que las reciban en el convento.

—Y yo pagaré los impuestos de salida —dijo Barbie.

—No te arrepentirás de ir a Bolivia. Las monjas de San Martín son más que hospitalarias. Te llevarás bien con la hermana Martina, una novicia muy simpática. Cree que está enamorada de mí y yo le sigo el juego —dijo Juan Antonio.

—Qué ingrato.

—Y no le digas a Inés que la idea de llevarlas a ustedes ha sido mía, prefiero que no lo sepa.

—Seré una tumba —prometió Barbie.

CAPÍTULO 7

Ciudad de Guatemala, abril de 2007

Salí de LAX en un vuelo hacia la ciudad capital de Guatemala el Miércoles Santo. Iba vestida de pantalones vaqueros, blusa blanca de cuello camisero y saco de lino azul marino. Los zapatos de tacón alto me hacían sentir importante, lo mismo que el maquillaje de ojos. El cabello suelto me caía casi a la cintura. Me había convertido en una mujer diferente de la que normalmente llevaba puesto el uniforme de cocinera.

—Te tendré una sorpresa —me advirtió Barbie.

Cerré la puerta de mi cuarto en el colegio sin voltear la vista atrás. Hacía mucho que no dejaba ese recinto más que para ir a la iglesia los domingos o dar vueltas por la ciudad repartiendo folletos los sábados. Nunca imaginé que la oportunidad de viajar me emocionara tanto, ni tampoco sospeché que me cambiaría la vida en tan poco tiempo.

Tuve la suerte de sentarme junto a la ventanilla del avión y la vista aérea me extasiaba. Para mí era inaudito que una empleada del colegio de niñas tuviera el privilegio de presenciar el panorama sobre las nubes. Aprovechando la inspiración, escribí un poema de todo lo que observaba.

Mar de Nubes

Frazada de algodón y lana
amarilla, naranja, índigo y violeta,
rojiza y luego rosa clara.
Mar sin algas
ni vida marina,
contemplo tu alfombra tallada
de fósiles, moluscos y conchas de mar.
Soy un pajarillo confinado a mi celda.

Punto de rococó. Sigilosa espuma blanca.
¿Dónde están tus peces, sirenas, marineros?
Islas desoladas, colinas de grisáceo
azul. Me muevo con tu mar
y nado. Soy casi libre.

El agua se parte. Una ballena avanza bajo
las olas, otra viene detrás de ella,
una más pequeña.
El suelo azul se agranda con su
playa blanca. Veo rocas.
El azul se torna verde
en la tierra.

Quien quiera que fuera la persona que se sentó junto a mí, no me di por enterada. Llegué a mi destino esperando encontrar el rostro de mi hermana tan pronto como desembarcara. La puerta de salida no se me hacía familiar pero por fortuna allí estaba Barbie alzando los brazos en señal de bienvenida. Noté de inmediato que a la par de Barbie se encontraba un hombre alto y moreno.

—¡Maggie! —gritó Barbie, corriendo a abrazarme—. Tengo tanto que contarte, pero primero quiero saber si te recuerdas del doctor Espinosa.

El desconocido se acercó y me estrechó la mano.

—Hola, Margarita. Barbie me prometió que tú no me llamarías doctor, ni me tratarías de usted. Soy Juan Antonio.

Le di la mano a ese hombre de mirada cálida y semblante amable a quien no recordaba.

—Tienes que acordarte de Juan Antonio, es un viejo amigo de la familia. De Inés, para ser más específica.

Juan Antonio no era un desconocido después de todo.

—¿Inés? —pregunté, un tanto confundida. Recordaba que, cuando nuestro padre desapareció, Mirella nos dijo que nunca volveríamos a ver a Inés. No fue sino hasta más tarde que la tía Catalina nos explicó la situación con más detalle. Nuestro padre estaba muerto e Inés se había marchado a Bolivia para convertirse en monja. Su nombre me sonaba como el de un fantasma, me formé en la mente la figura de una mujer pudorosa con un manto negro en la cabeza, escondida en una montaña.

—Juan Antonio trabaja con Inés —dijo Barbie.

—¿Inés regresó a Guatemala?

—No, aún está en Bolivia. Pero nos reuniremos con ella. Saldremos para Bolivia temprano en la mañana —agregó mi hermana.

Yo me puse ambas manos sobre la frente agachando la cara ligeramente en señal de confusión, pero pronto cobré la compostura.

—¿Esta era la sorpresa?

—¡Bingo!

Una sonrisa se dibujó en mi rostro. En otras circunstancias pude haber puesto objeciones con respecto al viaje a Bolivia, pero ahora estaba feliz de estar con Barbie. La abracé, tanto a ella como a Juan Antonio, quien aparentemente era el autor intelectual de ese encuentro.

—No me habías contado que Margarita era tan bonita —dijo Juan Antonio—. Lamento que no me haya querido saludar con un beso. ¿Acaso no se les puede besar a las californianas?

—Discúlpame —le dije, ruborizada—, he estado lejos por tantos años que ya he perdido esa costumbre —nunca nadie me había llamado californiana en Los Ángeles y el adjetivo me recordó las bicicletas que montábamos de niñas, con el asiento bajo y elongado.

Los tres caminamos hacia el taxi que nos llevaría del aeropuerto hacia la casa de doña Elena, la madre de Juan Antonio. Me preguntaron si tenía apetito y yo les aseguré que prefería irme a descansar y tomar un buen desayuno por la mañana.

—Quiero que Inés crea que la idea de visitarla ha salido de ustedes —dijo Juan Antonio, después de un rato de ir en el taxi—. Estoy seguro de que se alegrará de verlas.

Le ocultó a Mirella acerca de los planes que tenía de reunirnos a las tres hermanas. En todos esos años ella no manifestó el deseo de vernos y tampoco tenía intenciones de heredarnos. La casa de la Antigua, la cual enganchó con el dinero de la venta de la casa de la capital, nos habría correspondido a nosotras. Nuestra madrastra logró quedarse con los bienes de nuestro padre declarándonos como "desaparecidas" y haciéndose la única propietaria.

—Recuerdo haberlas visto en varias ocasiones cuando visité a Inés —dijo Juan Antonio.

Las dos éramos inconfundibles: Barbie, llenita e inquieta; yo, delgada y serena. Barbie platicaba con sus muñecas mientras que ambas preparábamos la comida en una estufa de juguete. De todo esto hacía más de veinticinco años.

—¿Inés te habló de nosotras? —le pregunté.

—Fui yo el que sacó el tema a colación. Ella prometió nunca volver a Guatemala. El recuerdo de la muerte del abogado aún se le hace doloroso.

—¿Tienes alguna fotografía de Inés?

—Ninguna. Inés es una monja muy discreta. Nuestra relación es distante ahora que ha tomado el hábito.

La relación entre Inés y nosotras era inexistente. Sin embargo, aunque Juan Antonio no revelara casi nada nuevo con respecto a nuestra hermana, su entusiasmo era contagioso y nos convencimos de que visitar Bolivia sería una bonita aventura.

En casa de Juan Antonio seguimos platicando hasta que llegó la media noche. Yo aproveché el momento en que Barbie se fue al baño para hablar de mis inquietudes en cuanto a Inés.

—Creí que Inés se había olvidado de nosotras, al igual que de toda la familia.

—No las ha olvidado —me aseguró Juan Antonio—, sólo es que toma su vocación muy en serio. Cree que servir a Dios es su llamado y su único deber.

—¿Y qué la ha hecho cambiar de opinión?

—No ha cambiado de opinión. Y sin embargo no me cabe la duda de que se alegrará de verlas.

—Pero no te lo ha pedido.

—Estoy enamorado de ella —me confesó—. Sé que suena egoísta, pero quiero que deje el hábito, que se case conmigo. Es tal vez un sueño, una locura.

—¿Ella lo sabe?

—Sí, pero se resiste, como es de esperarse considerando su condición de monja. A pesar de todo, yo nunca perderé la esperanza.

Pensé que era muy tarde para Juan Antonio, que éste debía abandonar su obstinación. Quizá estaba alimentando una causa perdida, persiguiendo una ilusión. No le compartí mi opinión porque él tendría que averiguarlo por su propia cuenta. Después de todo, ¿no todas las personas pasaban por lo mismo en alguna época de la vida? Yo creía comprender el porqué del viaje y la prisa que tenía de llevarnos con él: quería que Inés extrañara su vida pasada, su familia y su patria. Pero aún si el caso estaba perdido, yo los acompañaría. Nunca había viajado a la América del Sur y además Juan Antonio me parecía un hombre amable y simpático.

Ambos nos quedamos callados asimilando las ideas.

Yo le agradecía que él con tanta honestidad hubiera compartido sus sentimientos conmigo. Finalmente nos mostró la habitación que estaríamos ocupando esa noche y nos acomodamos gustosamente.

—Vaya sorpresa la que me has dado —le dije a mi hermana, cuando ya nos encontrábamos a solas—. Y yo que creía que en estos días estaríamos armando alfombras para las procesiones.

Como era la vieja tradición, durante la Semana Santa los guatemaltecos realizaban procesiones representando la Pasión de Cristo. Dichas procesiones caminaban sobre detalladas alfombras fabricadas con aserrín teñido de colores vivos y diseños inspirados por las religiones maya y cristiana. Las más famosas se elaboraban en las calles de la Antigua Guatemala, pero también los habitantes de la ciudad capital y de otras regiones del país le eran fieles a la tradición. En su lugar, nosotras viajaríamos a Bolivia.

—Me alegrará ver a Inés —dijo Barbie.

—¿Qué piensas de las intenciones de Juan Antonio? —pregunté. No estaba segura de la reacción que tomaría Inés en cuanto a nuestra visita.

—Me atrevo a confiar en su buen corazón. Quiere conquistar a Inés y también hacerla feliz. No hay nada de malo con eso. La decisión final será de ella.

—Para Inés será una difícil decisión —concluí.

Querido diario:

Estoy en Guatemala, mi tierra natal. La tinta de mi pluma añora pertenecer a un lugar, ser parte de algo o de alguien. Soy una extraña en mi propia tierra, a nadie le he hecho falta y nadie se acuerda de mí. Si me cruzara con mis amigas de la escuela, quizá ni nos reconoceríamos. No las he visto desde que tenía diez años.

Estos dos viajes, tanto para Guatemala como para Bolivia, han sido imprevistos. Alzaremos vuelo a las siete de la mañana haciendo una parada en Bogotá, Colombia. Luego saldremos para La Paz, la capital de Bolivia. Nos hemos hospedado esta noche en casa de la madre de Juan Antonio en la Ciudad de Guatemala. Él es un hombre diferente a los que he visto en Los Ángeles, me atrevería a decir que es un soñador: está enamorado de mi hermana a pesar de que ella es una monja.

Como suele sucederme cuando estoy emocionada, me es imposible conciliar el sueño. Por suerte, mi hermana duerme profundamente y no se da cuenta de que dejé la lámpara encendida para poder escribir en la cama. Siempre fue así cuando vivíamos juntas. Yo leía la Biblia mientras que ella dormía. Después me despertaba a las seis de la mañana a pesar de no haber pegado los ojos sino hasta temprano en la madrugada.

¿Qué será lo que me atrae de Bolivia? Esta noche no dormiré. Me espera un viaje hacia lo desconocido.

San Martín, Bolivia, abril de 2007

Situado en el departamento de Oruro y a una elevación de 3.800 metros sobre el nivel del mar, el pequeño pueblo de San Martín parecía un mundo imaginario, uno de esos lugares que ya no se encuentran en esta era tecnológica. Las estufas de leña decoraban las cocinas con sus ladrillos rojos y sus sofisticadas puertecitas de metal. Con tan pocos habitantes, un sólo cartero se daba abasto para repartir el correo. Mucha gente en San Martín dependía de esas cartas para comunicarse con el mundo exterior.

De no haber sido por la hospitalidad de las hermanas, habríamos catalogado al Convento de San Martín como un lugar solitario y nostálgico, pero la hora de la comida constituía un tiempo especial, ya que se preparaban los alimentos con esmero y se daba gracias por el pan y por el sustento. El convento era mejor conocido como la Casa de las Hermanas, quienes compartían con gusto lo poco que tenían. El nombre resonó en mi pecho, me tocó algo en lo profundo del alma. A esa casa podía llegar cualquier desvalido a tocar a la puerta y le darían posada. En esa casa esperaba siempre una olla de sopa porque nunca faltaba un hambriento rodando en el mundo.

En nuestra corta estadía en San Martín, Barbie y yo nos hospedamos precisamente en la Casa de las Hermanas. Sor Martina nos hizo sentir muy a gusto con sus ocurrencias e historias, ella fue quien nos sirvió nuestro primer pocillo de té de coca. Inés nos acompañó durante las horas de comida guardando su distancia, la expresión de sus ojos tan lejana como la de una estatua de mármol de la antigua Grecia. El resto del tiempo se la vio ocupada con los rituales y quehaceres de la casa. He querido recordar nuestra primera conversación en el convento, las palabras exactas que usamos, la manera en que nos saludamos, pero no lo he conseguido.

Nuestra visita no alteró la rutina de las monjas. A las seis de la mañana sonaba la alarma tanto para las novicias postulantes como para las que cumplían votos definitivos. Temprano en la mañana y después de conducir su aseo personal, dependiendo del turno de la semana, las monjas se iban a servir en la cocina. Luego se dirigían hacia la capilla para los rezos y el tiempo de meditación. A las ocho comenzaba la misa. Tomaban el desayuno a las nueve y después cada novicia se iba a su trabajo sin volverse a reunir sino hasta el rezo del mediodía. Almorzaban a la una de la tarde y luego volvían a trabajar en la cocina. A partir de las tres tomaban un descanso, y luego resumían los rezos a las cinco. A las siete las novicias se reunían para una lectura espiritual. Tomaban la cena a las ocho. El último rezo se llevaba a cabo a las diez de la noche.

Se llegó el Sábado de Gloria. Al entrar al comedor nos llamó la atención un anciano vestido con una gruesa camisa de lana cruda. Felipe era el nombre del viejo, pero lo llamaban el jardinero porque Inés lo había contratado específicamente para cuidar el invernadero. También observamos a una mujer acompañada de un niño de siete u ocho años comiendo en la mesa donde estaba don Felipe. Se trataba de la lavandera del convento y las monjas hicieron algún comentario con respecto a su viudez. Barbie y yo hicimos contacto visual con el niño y le sonreímos. El niño nos sonrió de vuelta y Barbie alabó sus bellos ojos, pero Inés ignoró el comentario y nos condujo hacia una mesa diferente. Luego dimos gracias por los alimentos. Inés habló poco durante la comida y no volvimos a reunirnos con ella más que durante las horas de comer.

Los principales puntos de interés de San Martín aparte de la Casa de las Hermanas eran: la clínica del doctor, la iglesia, la escuela y la laguna. Barbie y yo visitamos estos lugares acompañadas por Juan Antonio. Me simpatizó inmediatamente el padre Muñoz, y Barbie, por su parte, tuvo una amena conversación con el profesor de la escuela. Camino a la laguna aspiramos el aire fresco y seco del mes de abril en el altiplano boliviano.

—Inés no está acostumbrada a mostrar sus sentimientos. Sé que en el fondo le agrada verlas aunque no lo manifieste —nos dijo Juan Antonio.

—El manejo del convento y la Casa de las Hermanas parecen tomarle todo su tiempo y energía —dijo Barbie.

—Algo no está bien —opiné—, creo que Inés necesita delegar más responsabilidades a las monjas en lugar de tomarse toda la carga para ella misma. —Me lamentaba de que Inés no dispusiera de un poco de tiempo, si no para estar con nosotras, para admirar el paisaje y la belleza del lugar.

—Exige perfección de sí misma y de los demás. Por eso se le hace difícil delegar —dijo Juan Antonio. Durante la caminata continuamos conversando acerca de la vida en San Martín, de la tranquilidad del lugar y de la sencillez de la gente.

En el camino de vuelta nos encontramos al anciano jardinero que iba hacia la laguna acompañado por una llama. El viejo tenía su pequeña casa en las afueras del pueblo.

—Qué bonito animal —dijo Juan Antonio—, lo usa como guía para el camino. El señor Felipe está casi ciego.

Lo vimos pasar sin sentir lástima por él porque tenía el semblante tan apacible y sereno como el resto del paisaje boliviano.

Regresamos al convento antes de la puesta del sol. Inés y sor Martina nos acompañaron durante la cena. Al concluir, las monjas se despidieron de nosotras.

—Nuestra casa no es un hotel sino un albergue —dijo Inés—. De lo contrario las invitaría a que se quedaran más tiempo.

El Domingo de Resurrección a la hora en que la mayoría de la gente del pueblo se dirigía a la misa, Barbie y yo íbamos volando de vuelta a Centroamérica. Yo regresaría a Los Ángeles con un día de retraso. Pronto mi viaje a Bolivia sería como un espejismo.

CAPÍTULO 8

San Martín, Bolivia, junio de 2007

Juan Antonio hizo posible nuestro viaje a San Martín con el propósito de agradar a Inés. No obstante, ella parecía estar cada día más dedicada a su trabajo y más ajena a sus deseos. Ante la indiferencia de la monja, Juan Antonio decidió ausentarse de San Martín por varias semanas.

Inés prefería no verlo, no sentir su presencia porque así era más fácil olvidarlo; se concentraba mejor en su trabajo y dormía tranquila por las noches. Los temas que ocupaban su mente eran menos mundanos y, en esos últimos días, pensó mucho en los años de su infancia en Guatemala.

Boloña fue el fiel compañero de su niñez y adolescencia, ese gato a quien todavía recordaba. Llegó a la casa cuando tenía tres meses de edad, un gatito delgado, tímido y asustadizo. Inés se ganó su cariño y, poco a poco lo alimentó con tanto esmero que había llegado a pesar más de quince libras luciendo su lustroso pelaje de color plateado. Ella lo acariciaba con su mano en la cabeza y el lomo, absorbiendo la tibieza de su redondo cuerpo. Se sentaba en el sofá junto a ella y ronroneaba mientras Inés hacía las tareas del colegio, leía o veía la televisión.

Qué días tan placenteros, antes de que la universidad ocupara todo su tiempo y energía. Había soñado con estudiar leyes y trabajar al lado de su padre, pero el destino la llevó a San Martín y a la Casa de las Hermanas, cuyo lema era "la mies es mucha, pero los obreros pocos". El mundo contaba con poca gente compasiva que se ocupara de los pobres y necesitados, de las viudas y los huérfanos.

Juan Antonio, a su manera, seguía el mismo lema de Inés. Pocos eran los médicos que estaban dispuestos a trabajar sin devengar un salario y menos los que sacrificaban una vida de comodidades lejos de las grandes ciudades. La luz que iluminaba su corazón era la existencia de la monja a la que había encontrado en el frío pueblo de San Martín.

***

En su recámara Inés ocultaba las cartas en las cuales revelaba desde sus convicciones religiosas hasta sus más íntimos secretos. Estos escritos mostraban las distintas caras de la monja y sus estados de ánimo: en unas hablaba de amor y redención, mientras que en otras se condenaba a sí misma. No tenían fecha ni destinatario, parecían estar dirigidas al mundo y la vida:

> Hoy ha sido un día nublado en San Martín. A veces extraño a mi padre, él quería que yo viniera a Bolivia y tengo la dicha de haber cumplido con su voluntad. Mis dos hermanas tenían apenas, Margarita diez y Barbie ocho años cuando papá fue asesinado. No sé el rumbo que les deparó el destino porque jamás me puse en contacto con mi madrastra. Yo vine a San Martín renunciando a todos los bienes materiales mientras que Mirella se quedó con la casa de la familia. Supongo que también amaba a mi padre a su manera, y él a ella.

San Martín es un lugar en donde la gente todavía cree en la gentileza. Aquí vivimos los que tenemos fe en la bondad y la providencia. La bondad es la clave de acceso, pero también se necesita el deseo de servir. Nuestra casa carece de lujos materiales pero la comida es sustanciosa. La electricidad no ha llegado todavía. Compartimos lo que tenemos como lo haría una familia. Cada persona que llega recibe su plato de sopa, cama y jabón. Nos apoyamos el uno al otro. Cuidamos a nuestros enfermos con esmero. El que llega puede quedarse el tiempo que sea necesario.

Me considero rica porque tengo a Dios de mi lado. Mis padres, hijos y hermanos son la gente del recinto, los que aún viven aquí y los que se han ido. Algunos de los ausentes me han escrito y dicho que por más comodidades que tengan, extrañan esta tierra y nuestra gente. No obstante, ninguno ha regresado. No pueden dejar el mundo en el que viven. Yo dejé al mundo por dos razones: porque mi vida corría peligro después de la muerte de mi padre, y porque no me interesaban las comodidades ni la vida de la ciudad. Soy mujer de montaña, de frío y de silencio.

Creo que hay otra vida después de esta y que las tradiciones son necesarias para reafirmar la fe del creyente sin ser requeridas para ganar la salvación. Celebro el nacimiento de Jesús porque él vino al mundo para rescatar a la gente de la esclavitud y de la soledad, para sanar a los enfermos y dar de comer a los hambrientos. Nuestro Salvador sintió hambre y no tenía un lugar al cual llamar su propio lugar. Si hay un ideal por el cual luchar y si el mundo puede ser mejor ahora mismo, entonces quizá el sufrimiento tenga una razón de ser más grande que nosotros mismos.

No condeno a nadie por su credo o religión. Dios puede salvarme en cualquier recinto. Creo en Jesús porque él ha sido mi maestro y hermano, Jesús me sacó de la miseria y la soledad del mundo. Me siento satisfecha cumpliendo con mi trabajo y esperando el día de mi redención.

***

Mi padre se acostaba temprano para Navidad. Trabajaba mucho y se quejaba del gobierno, del hambre y la miseria de los menos afortunados. —Con todo el dinero que gasta la gente en las navidades —decía—, diríamos que no existe la pobreza en el mundo.

Era abogado. Su negocio prosperaba aunque muchos de sus clientes no pudieran pagarle por falta de recursos. Tenía un bufete en el centro de la Ciudad de Guatemala, muy cerca del mercado central y la catedral metropolitana. Recuerdo el viejo mueble de la entrada, el cual carecía de fotos de la familia y de flores en un jarrón. Un rimero de papeles era su único decoro.

Margarita y Barbie llegaron cuando yo tenía trece años, las dos niñas huérfanas de padre y madre. Adoptaron a mi padre como su padre propio. Yo era la única hija de mi difunta madre y por ende la consentida de mi padre, sin embargo no me puse tan celosa de la llegada de mis hermanas como del matrimonio de mi padre. La manera de mostrar mi descontento fue cortándome la cabellera. Mi padre no puso objeción cuando tomé la decisión de llevar el pelo corto como un varón.

—Quisiera que las cosas no cambiaran, que todo se quedara como está —le dije.

—Amo a Mirella —dijo mi padre—, y tú también llegarás a quererla.

Nunca llegué a sentir afecto por mi madrastra y me atrevo a decir que yo tampoco era su persona predilecta. Cuando el día llegó, no tuve objeción en dejar la Ciudad de Guatemala para volar a La Paz. Si mi padre me hubiese pedido que subiera una montaña para ser sacrificada, lo habría hecho. Tal era mi confianza en él y mi afán de cumplir con su último deseo. Yo había estudiado el mapa y memorizado el camino a San Martín, ese lugar que se convertiría en mi nuevo hogar.

***

Mi madre murió cuando yo era muy chica. La empleada que estaba designada para cuidarme se fue de la casa porque resultó embarazada, y desde entonces aprendí a valerme por mí misma. Regalé mis juguetes y estudié día y noche para todas las materias de la escuela. La maestra de sexto grado era amable conmigo y yo habría querido que mi padre se casara con ella, pero él escogió a Mirella, con quien nos encontrábamos todos los domingos después de la misa.

Después de casarse con Mirella mi padre se vio en la necesidad de trabajar horas extras y llegaba tarde del bufete. Mi madrastra aprovechaba para salir con sus amigas mientras que yo cenaba sola en la casa. Me habitué a estar con mi gato, ya que a mis compañeras las veía solamente en el colegio. Me dedicaba a estudiar y a escuchar música en mi cuarto, leía un libro y me quedaba dormida con el ronroneo de Boloña en mi cabecera.

A mis hermanas las cuidaban las empleadas mientras papá trabajaba. Mi madrastra se mantenía ocupada con el gimnasio, los almuerzos y cenas con amigas, con clases de pintura y visitas al salón de belleza. En el poco tiempo que a papá le quedaba libre, rescataba a mis hermanas de las empleadas que se la pasaban tratando de adormecerlas de día y de noche. Margarita era muy tranquila y jugaba durante horas con un payasito de tela. Barbie lloraba incansablemente hasta que alguien la levantaba de la cuna y, tan pronto como se puso a caminar, la empleada corría de un lado para otro detrás de ella para que no se cayera de las escaleras ni se metiera las migas del suelo a la boca.

Mi madrastra llegó a ocupar el cuarto de mi padre, pero no a borrar el recuerdo de mi madre. Yo habría querido que Boloña y yo permaneciéramos siendo su única familia, pero él admiraba a Mirella por su nariz fina y sus aires de dama de sociedad. Cuando se mudó con nosotros redecoró la casa con muebles de caoba y coloridos óleos, pero yo sentía que la casa ya no era mía. Habría preferido el viejo sofá marrón y la descolorida acuarela del volcán de Agua simplemente porque no quería que nada cambiara.

El día en que vi por primera vez mi período menstrual, se lo conté a tía Marcela, la hermana de mi padre que vivía en la Avenida de las Américas. Ella me compró toallas sanitarias sin hacer otro comentario más que —"pobre muchacha"—. Y yo no le hice preguntas. Quería que me dejara sola.

Dos meses más tarde llegó la Navidad y mi padre me compró ropa nueva, un vestido para la cena en casa de mi tía. El vestido era de color rosa y me había dejado de gustar ese color. Lo habría preferido rojo, azul o negro, pero no me quejé para no ofenderlo.

"Cuando cumplas quince años te regalaré una virgen de plata", me dijo mi abuela, "para protegerte de todo peligro". Pero al poco tiempo ella murió, igual que mi madre. El silencio y la soledad se convirtieron en mis fieles compañeros. Boloña, el viejo gato gris, fue lo que más me dolió dejar cuando salí de Guatemala; ya no poseía la energía de la juventud, mi madre me lo regaló y era el único recuerdo que tenía de ella. Nunca volví a querer a otro gato tanto como a Boloña.

***

Algunas veces habría querido tener otra ocupación aparte de chef. El hecho de tener que pasármela escondida en la cocina me limitaba en cuanto a ampliar mi círculo social. En la iglesia me gustaba hablar con la gente, pero no los veía por más de unos pocos minutos después de la misa. Formé parte del coro por muchos años y después lo abandoné.

Aunque no lo quería admitir, soñaba con tener un romance. En la iglesia y el centro comunitario conocí a hombres atractivos, casi todos ellos casados, y los que no eran casados eran más jóvenes que yo. Quizá por eso repartía los folletos con tanta dedicación por tanto tiempo, esperando que llegaran a la iglesia solteros más interesantes. Mi atracción por el hijo de Adela se desvaneció como un fuego de hojas secas que arde efusivamente para luego esfumarse y dejar sólo unas pocas cenizas. Fabio ya no me encendía el alma ni me robaba el sueño. Me encariñé con otro hombre en tan poco tiempo, un hombre casi desconocido, alguien que estaba enamorado de otra. Me inclinaba a creer que Inés no amaba a Juan Antonio, y de no ser así, mi caso habría estado perdido. Pero si Inés me dejaba el camino libre, no perdía nada con soñar despierta. La edad no era una barrera. Tampoco debía importarle mi preparación académica. Yo era hermana de Inés y eso me daba la suficiente importancia.

El viaje a Bolivia me hizo reflexionar en muchas cosas. Me preguntaba cómo habría sido vivir en un lugar tan pequeño como San Martín en donde casi toda la gente se conocía. También me preocupaba no tener idea de lo que quería en la vida. Me presentaba al trabajo en las mañanas, hacía ejercicios por las tardes, limpiaba el cuarto donde dormía, ahorraba para mi retiro. Envidiaba el cariño que Juan Antonio le tenía a Inés sin saber si algún día me enamoraría de esa manera, con un amor que no cambiara a pesar del tiempo y la distancia.

Me presenté al trabajo lista para comenzar una nueva semana.

—La directora quiere hablar contigo —dijo Adela. Por una razón que yo ignoraba, la cara de Adela lucía pálida y nerviosa.

—¿Qué pasa? ¿Hay algo malo?

Adela hizo un ademán torpe sin pronunciar otra palabra.

Caminé lentamente hacia el despacho de la nueva directora del colegio. Aunque breve, disfruté de mi viaje con Barbie y de sentir el aroma del aire en un país tan lejano como Bolivia, de compartir la aventura con Juan Antonio. Recién me había despertado de mi sueño de romance cuando la realidad estaba a punto de envolverme con una sombra fea y oscura.

—Siéntate —me dijo la directora, con sus gafas minúsculas y nariz gruesa—, tengo algo muy importante que decirte.

—Sí, señora —contesté. Presentía que esa mujer me daría una mala noticia.

—He contratado a una nueva chef para que se encargue de la planificación de menús.

El asunto era peor de lo que yo me imaginaba.

—¿Perdone? —le pregunté—, creyendo que quizá estaba escuchado mal.

—Los padres de familia se han quejado de que a las niñas no les gusta la comida.

—Me extraña que lo hayan hecho —le dije, tratando de guardar la calma—, pero ese es un problema sencillo de resolver, podemos adaptarlo. Usted sabe que me interesa hacer un buen trabajo. He estado aquí desde que perdí a mi tía.

—Los tiempos cambian, Margarita, nuestra forma de trabajar requiere innovación. No te estoy despidiendo, simplemente quiero que colabores con la nueva encargada y que te pongas en línea con los nuevos menús.

—¿Acaso las clases de matemáticas han cambiado? ¿Ha cambiado la clase de inglés? —pregunté indignada.

—No ganas nada con enfadarte. La decisión está tomada. Ya sea que aceptes tu paquete de retiro o que ocupes el puesto de Adela.

—Yo sería incapaz de dejar a Adela sin trabajo. Además no es justo que me baje de rango después de tantos años de servicio y sin darme la oportunidad de acomodarme a las demandas.

—El dinero del retiro será suficiente para vivir cómodamente por lo menos por un año, te aconsejo que uses las próximas dos semanas para buscarte un lugar donde vivir. Debes encontrar otro trabajo, yo estoy dispuesta a recomendarte.

—¿Y qué le voy a decir a la gente? ¿Qué me corrieron por anticuada?

—No les menciones la razón de tu partida. Diles que quieres algo diferente, que estás cansada de hacer lo mismo.

Me quedé callada. El colegio había sido hasta ese día mi refugio y no podía evitar el sentirme traicionada. Extrañaría el bullicio de las niñas a la hora del almuerzo y el silencio de los días de feriado; extrañaría el jardín de cipreses. El colegio era mi casa. ¿cómo explicárselo a esa mujer recién llegada? ¿Cómo hacerle entender que no tenía a dónde ir, que yo era una huérfana? Sentía la garganta tan seca que parecía que se me enjutaba. Traté de entrelazar los dedos de mis manos pero se me acalambraron.

—No lo tomes personal. Sólo es que necesitamos ajustarnos a los menús establecidos por el estado y trabajar con un presupuesto limitado.

—¿Se trata de ahorrar dinero y sacrificar la salud de las niñas? —me atreví a decir con la voz entrecortada.

La directora se levantó de su asiento y habló dirigiendo su vista hacia la ventana.

—Dependemos de los padres de familia para subsistir, es nuestro deber complacerlos.

—¿Sirviendo comida procesada?

La directora volteó la cara con un aire de importancia.

—Vamos a servir la comida que las niñas prefieran.

—La buena alimentación es parte de una salud integral —insistí.

—¿Acaso podrán ganarse la vida si están enfermas u obesas?

—Quiero que te quede muy claro lo siguiente: aquí no hacemos de menos a nadie por su apariencia física. Te recuerdo que tienes dos semanas para organizar tu nueva vida y hacer lo que te plazca.

Sentí un dolor en el pecho. Hice un esfuerzo por respirar profundo pero el aire que me entraba por la nariz empeoraba la resequedad de mi garganta. Estaba segura de que me faltaría aliento para pronunciar cualquier otra palabra de descontento. No era necesario hacer más preguntas, me quedaban quince días para encontrar una salida a ese dilema inesperado. Me levanté de la silla sintiendo que todo daba vueltas a mi alrededor. Me dirigí hacia la cocina con las piernas duras, caminando como un muñeco de cuerda de esos que mi padre me regaló cuando era una niña. No podía hablar, habría querido salir huyendo y esconderme, abrir un agujero y enterrarme viva. Me sentía tan insignificante como una cucaracha.

—Muchacha, no desesperes —me susurró Adela—. Vete a tu cuarto y yo me encargo de todo aquí. Ya se presentó la mujer que te reemplazará y dudo que desees conocerla. Prepara tus maletas y te vas para mi apartamento, aquí tienes la llave.

En ese momento apareció una mujer vestida de uniforme blanco.

—Adela, la estamos esperando en la barra —pronunció—, y Adela corrió hacia su puesto.

Observé a la mujer que llegó a tomar mi lugar, su rostro duro, su porte alto y ancho. Era como haber estado casada con un hombre que de pronto me dijera que ya no me necesitaba, que me había cambiado por otra.

Adela tenía razón.

No podría permanecer allí por mucho tiempo.

***

—Mi niña, no has probado ni un bocado —dijo Adela.

—No tengo apetito.

—Te han quitado el trabajo, pero no la vida, no dejes que te quiten el deseo de salir adelante y superarte.

Lágrimas rodaron por mis mejillas. Lloré varias veces durante todo ese día, uno de los más amargos de mi vida. Sabía que Adela tenía razón, que no debía darme por vencida. Pero era necesario desahogarme para soportar la desilusión y la injusticia que me estaba haciendo vivir la nueva directora del colegio.

—Ella sabe que no tengo los medios para defenderme —dije—. Estoy sola.

—No estás sola. Me tienes a mí, tienes a Barbie también, acabas de estar con ella y la pasaste muy bien. Dios nunca te abandonará.

—Usted es un ángel que Dios me ha enviado —sollocé—, limpiándome la nariz con un pañuelo desechable.

—No has perdido tus manos —continuó Adela—, tienes apenas treinta y cinco años. Estás saludable, eres bonita. Tal vez te irá mejor en otro lugar donde aprecien tu dedicación.

—Ay, pero no sé lo que haré, no tengo ni siquiera un currículum listo, no he recibido cursos nuevos.

—Basta de negativismos. Has leído muchos libros, yo he visto tu librera. Eres buena para manejar la cocina y venderás tus habilidades, no tus títulos.

—Pero la gente quiere comer pizzas y hamburguesas. No se necesita mayor ciencia para preparar esas cosas.

—No toda la gente, por eso debes encontrar un nuevo mercado. Los niños no tienen idea de lo que se meten a la boca.

—¿Pero a dónde iré? ¿Quién querrá mis servicios? No soy una chef profesional.

—Es lo que te repito, venderás tus habilidades y no tus títulos. Empezaremos por buscar empleo en los restaurantes y los hoteles, en donde más te guste y en donde te traten mejor. Has trabajado como supervisora de la cocina y no dejarás que te hagan de menos. La experiencia vale más que las piedras preciosas.

—Creí que esa era la mujer virtuosa.

—Pues es lo mismo.

—Es que todo lo veo de color opaco en este momento, pensaba que tenía el problema de mi vida resuelto, que nada cambiaría nunca.

—Todo cambia y todos cambiamos sin quererlo. Trata de encontrar algo que no cambie y no lo hallarás. Ahora tendrás la oportunidad de conocer gente nueva, gente que te valore y te impulse a ser mejor. Límpiate esas lágrimas y por nada del mundo te des por vencida, ¿quieres que te prepare un tecito de manzanilla?

—¿Qué haría sin usted?

Adela se me acercó y me apretó contra su pecho. Me dijo que sería una noche larga pero que saldría adelante porque, por experiencia, ella sabía que el dolor y la amargura no perduraban una eternidad. Ella había perdido a su esposo unos años atrás y debió trabajar para sacar a sus hijos adelante.

Mis pensamientos volaron años atrás a la época cuando desapareció mi padre. Las empleadas nos ocultaron los detalles para protegernos. Pasaron días en los que no salimos de la casa ni fuimos al colegio. La casa ya no se sentía como nuestra casa, Guatemala ya no era nuestra patria y ni siquiera parecíamos pertenecer a la familia Barrundia. Excepto por la tía Catalina, la mujer que se convertiría en una madre en un nuevo país, en un mundo distinto.

Si tan solo no hubiera desaparecido mi padre. Si tan solo no hubiera muerto la tía Catalina. Si tan solo Barbie no se hubiera marchado para la Antigua Guatemala justo antes de haber perdido mi trabajo y el privilegio de vivir en el Colegio de Nuestra Señora del Pilar. El trabajo lo podría reemplazar de alguna manera, pero no así a las personas que más había amado en la vida. Tal vez algún día le agradecería a la directora del colegio por haberme obligado a tomar un rumbo desconocido, porque en él encontraría mi destino.

***

—Se aprovechó de que no tengo quién me defienda. Haberme bajado de rango es como haberme echado a la calle. Soy muy orgullosa como para soportar esa humillación.

—Lo siento, Maggie —dijo Barbie—. No sabes cuánta pena me da lo que ha pasado, y me da una rabia tremenda con la nueva directora. No sabe lo que está perdiendo, no sabe cuánto te has dedicado ni todo lo que has sacrificado.

—A veces a mí también me da rabia, pero quizá fue mi culpa, por haberme creído indispensable. Ahora necesito que me des la información de todos tus contactos en Los Ángeles, voy a empezar a buscar trabajo lo antes posible. No puedo quedarme en el apartamento de Adela para siempre.

—¿Has pensado en la posibilidad de vivir en Guatemala?

—Sí, pero una pequeña voz dentro de mí me dice que debería pedirle empleo a Inés en el Convento de San Martín.

—Puede ser que Juan Antonio se enamore de ti. Yo he notado cómo te mira. Las almas gemelas se reconocen la una a la otra.

—Juan Antonio me gusta, pero está enamorado de Inés.

—Pero no es correspondido, y como dice el dicho, "amor con amor se paga".

—Ya tengo el corazón roto con lo que ha pasado en el trabajo.

—Voy a llamar a Juan Antonio.

Sentí que el corazón me dio una vuelta. Era obvio que me importaba mucho lo que él pensara de mi situación.

—No lo hagas, me da vergüenza que me vea como una fracasada.

—Pues entonces hablaré con Inés. Le preguntaré si te puede recibir.

—¿Qué tal si no le agrada la idea? Ya no podré soportar otro desprecio.

—No perderemos nada con hablarle. Lo peor que puede pasar es que diga que no, y de ser así, nadie se enterará. Será un secreto entre ella y nosotras. Juan Antonio no tendrá que saberlo.

—Pero si me voy para San Martín, él va a creer que es para seguirlo, que soy una mujer cualquiera.

—No eres una mujer cualquiera y no irás para seguirlo. Irás porque así lo querrá el destino.

—Estamos haciendo planes y ni siquiera hemos hablado con Inés —concluí.

Después de haber hablado con mi hermana me quedé pensativa. La idea de trabajar para Inés me parecía razonable. ¿Qué tal si Barbie tenía razón? ¿Qué tal si le ayudábamos un poco al destino?

Querido diario:

Soñé que lloraba y no recuerdo por qué. Me invadía una pena inmensa, como si alguien hubiera muerto, pero no sabía la razón exacta. Lloraba por una pérdida. Me desperté y me di cuenta de que era tiempo de comenzar de nuevo, de reinventar mi vida. Mi vida ya no sería como yo me enseñé a creer que sería ni como yo consideré lo mejor. Me di cuenta de que si fuera el último día de mi existencia, no serían importantes ni el dinero que gané ni las horas que desperdicié siendo desdichada. Si fuera el último día de mi vida, me dedicaría a ser dichosa. Si fuera el último día de mi vida, lo aprovecharía para ser feliz.

CAPÍTULO 9

San Martín, Bolivia, julio de 2007

Habiéndome quedado sin trabajo y sin casa, Inés me tendió la mano. Si lo había hecho con extraños ¿cuánto más con su propia hermana, una de las niñas que su padre adoptó como suya? Soltera a los treinta y cinco, yo le parecía la candidata perfecta para el noviciado. Me gustaba la cocina y nunca fui tan extrovertida como Barbie. Me adaptaría fácilmente a la vida del convento.

Así llegué a San Martín, esta vez para quedarme. No había nada en Los Ángeles que me detuviera. El dinero que me depositaron en la cuenta de banco después de despedirme me rendiría mucho más en Bolivia que en California. Me emocionaba el poder trabajar cerca de Juan Antonio, aunque estaba acostumbrada a esconder mis sentimientos. Barbie seguiría siendo mi única confidente.

Fue sor Martina quien me puso al tanto de la rutina en la Casa de las Hermanas. A la novicia le fascinaba conversar y yo la escuchaba sin interrumpirla. La hermana Martina tenía mucho entusiasmo por el noviciado mientras que yo, para decepción de Inés, no tenía intenciones de convertirme en monja. Sin perder más el tiempo ofrecí mis servicios en la cocina del convento. Algo que también despertó mi interés fue el trabajo que Juan Antonio y el doctor Ríos realizaban en las aldeas y caseríos. No sabía si era mi oculta atracción por Juan Antonio o si verdaderamente poseía la vocación, pero además de realizar mi trabajo en la cocina, me inscribí en la lista de voluntarios para apoyar a los doctores en su trabajo comunitario.

***

María, la lavandera del convento, estaba a punto de dar a luz. Esa noche el doctor Ríos me llamó para acompañarlo en el parto. Su maletín estaba equipado con implementos médicos como guantes, gasas, jeringas, agujas y algunas medicinas; yo llevé ropa limpia y una canasta básica para que tanto María como su hijo tuvieran comida y los cuidados necesarios.

El bebé nació sin dificultad y María tenía suficiente leche para amamantarlo. Saqué la carne deshidratada y algunos vegetales de mi canasta. Miguel, el niño de siete años, le puso un nuevo leño al fuego en la estufa mientras que yo buscaba entre las ollas una cacerola apropiada para preparar la sopa. Cuando la sopa estaba lista, le serví a María en su cama. Los demás comimos en la mesa, incluyendo el doctor Ríos. No les pregunté si tenían hambre, simplemente supuse que así era; eso fue lo que se me enseñó desde pequeña.

Después de haber trabajado durante más de ocho horas, todavía estaba deseosa de escribir. La novedad de haber presenciado un parto me robó el sueño. Pensé en María y en sus hijos, me dije que su felicidad estaba incompleta porque le faltaba su esposo. Eso me hizo recordar a mi difunto padre.

Querido papá:

Cuando llegué a Los Ángeles tuve un sueño. Como hoy, estaba acostada sin poder dormir. Barbie descansaba en la cama de al lado. Yo tenía diez años y, desde esta edad, me sentía responsable por ella. "No sabe nada", pensaba, muy apenada. Nos habíamos mudado de la casa en Guatemala al apartamento de nuestra tía en Los Ángeles y nos esperaba un mundo incierto. Cuando por fin logré conciliar el sueño, tú me hablaste en una visión asegurándome que no tenía nada que temer, que tendríamos un ángel que siempre velaría por nosotras. Ocho años después, cuando murió mi tía, junto a la difunta me encontré cara a cara con el ángel que me mencionaste.

Para mi sorpresa, he hallado en San Martín una escultura tallada en madera que luce tal y como el ángel que se apareció en mi sueño: sin alas, con casco y coraza de los guerreros de las pinturas renacentistas, pecho varonil y capa. Tiene el brazo derecho cortado y quizá tuvo en algún momento una espada en la mano. El ángel de San Martín no tiene nombre, escasamente se calcula la fecha en que fue tallado y se ignoran las circunstancias bajo las cuales perdió sus alas y su brazo. ¿Acaso una caída en uno de los traslados? ¿Deterioro causado por el paso del tiempo? El convento tiene apenas dos siglos de existencia mientras que muchas de las imágenes que lo habitan proceden de las iglesias de la época de la colonización española.

¿Cómo sé que es el mismo ángel?

Simplemente lo sé. Lo supe desde el primer momento. Hay algo familiar en sus ojos, su semblante. Está cansado de las guerras, pero sigue adelante, su piel oscurecida por el sol y por los siglos.

Veinticinco años sin verte es demasiado tiempo, tu rostro habita en mi mente como una ola esponjosa que se mece lentamente en el mar infinito del recuerdo. Nos leías historias por las noches y nos comprabas helados los domingos para luego ir a caminar por la Avenida de las Américas. El hecho de que no seas mi verdadero padre no cambia mi amor por ti. Fue tu mano la que Barbie y yo estrechábamos al cruzar las calles de la ciudad y fueron tus muslos sobre los que nos acomodábamos por las noches mientras nos leías un cuento. Tuyos fueron los brazos que nos consolaron cuando nos sentimos tristes o temerosas.

Trabajabas de lunes a sábado. A veces estábamos dormidas cuando regresabas a casa y las empleadas se habían retirado a sus cuartos. Tu esposa entraba y salía en el trascurso del día, nunca interactuamos con ella ni llegamos a formar parte de su mundo. No nos servía el desayuno ni caminaba con nosotras a la parada del autobús escolar. A pesar de que se rehusó a darnos la bienvenida, no te arrepentiste de habernos adoptado ni te quejaste de tener que hacer las veces de padre y madre. En un principio quizá nos acogiste por compasión, porque nuestro padre era tu amigo y nos empezaste a tomar afecto. Por ello no tuviste el corazón de deshacerte de dos chiquillas indefensas a pesar de que tu esposa nos viera como un par de extrañas.

Un Día de la Madre hicimos tarjetas en la escuela. Barbie trazó un dibujo imaginario de mamá y lo puso en el correo con la palabra "el cielo" como dirección. No sabíamos que pronto tú también te irías de nuestras vidas. Después de tu muerte Mirella nos mandó "en encomienda" a Los Ángeles. Guatemala se convirtió en un país extranjero y nos vimos en apuros aprendiendo inglés. Comencé a leerle libros a Barbie por las noches, a peinarle su cabello encrespado y a llenarle el vaso de leche por las mañanas; todas las tardes colgaba en un gancho nuestros uniformes del colegio para evitar que se arrugaran.

Tía Catalina era una mujer humanitaria que nos enseñó el valor del trabajo y la honradez. Se parecía a ti en dos cosas: jamás nos hizo sentir de menos y, cuando tuvo oportunidad de hacer el bien, no dudó un momento en hacerlo. Quizá lo que te digo no sea nuevo porque nos miras desde el cielo, pero todavía así quise escribirte esta carta para agradecerte por tu bondad. La vida me ha enseñado a ser fuerte y por eso ya no me pongo triste cuando recuerdo que te has ido, porque, pensándolo bien, no te has ido en realidad. Tengo el privilegio de llevar tu apellido y considerarme parte de tu familia.

***

Mudarme a San Martín fue quizá la mejor decisión. Había sobrellevado que me despidieran del Colegio de Nuestra Señora del Pilar porque, después de todo, mi ángel de la guarda se mudó conmigo. Las hermanas de San Martín le tomaron simpatía a esta hermana de Inés con un aire muy distinto al de ella. No era devota de la Virgen ni de los santos, simplemente creía en la divina providencia y en un ángel del que su padre le habló en un sueño. Su padre le pidió que no temiera porque la vida seguiría su curso determinado.

—Me alegra que encuentres consuelo en nuestro convento —me dijo Inés, quien no me recibió con abrazos efusivos ni palabras dulces sino con el crucifijo en mano y un albergue para el alivio del alma. La rústica morada tenía todo lo que una mujer entregada a Dios podía necesitar: silencio para meditar, la posibilidad de servir a otros menos afortunados y los alimentos necesarios para subsistir. Esto era todo lo que yo anhelaba en esos momentos de cambios y sinsabores, cuando me habían despedido del empleo al cual me dediqué con ahínco por tantos años.

Aunque dejé Los Ángeles y el lugar que fue mi único mundo, no estaba sola ni desamparada. Lo que más deseaba era comenzar una vida alejada de todo lo que me recordara mi vida antigua.

"Barbie todavía me hace falta", me dije una noche en la que contemplaba las estrellas desde la ventanita de madera de mi recámara. Las ventanas del convento debían ser diminutas para resguardarlo del frío. Extrañé a Barbie en Los Ángeles y la seguía extrañando en Bolivia. Sólo con ella podía hablar de mis miedos más profundos, de mis sueños e ilusiones.

Juan Antonio parecía distante y apático al no haber logrado ningún cambio en la actitud de Inés. Yo opté por tratarlo como trataba al doctor Ríos, respetando la diferencia entre ambos.

—Cómo me gustaría poder llegar a visitarte —dijo Barbie en una de esas noches de fin de semana en que conversábamos a través de una de las pocas líneas telefónicas que existían en el pueblo.

—Juan Antonio no termina de darse cuenta de que es inútil ganarse el corazón de la monja. Tal vez tú lograrías hacerlo volver a su antiguo estado de ánimo. No sé si alguien pueda sacarle a Inés de la cabeza.

—¿Por qué la llamas la monja?

—Me trata amablemente, pero nunca como a una hermana.

—Quizá sólo esté tratando de proteger su posición. Si se deja encariñar contigo, ya no podrá ser la madre superiora.

—Le comenté acerca de mi ángel de la guarda; ella cree que le estoy dando demasiada importancia a un sueño de la niñez, que estoy imaginando cosas.

—No la tomes a mal, es que Inés es muy racional.

—¿Y yo qué soy? ¿Una tonta soñadora?

—Tú eres más flexible, más humana.

Deseaba que Barbie tuviera razón. Ojalá fuera yo más humana después de haber perdido mi trabajo en Los Ángeles. Gané un nuevo hogar en donde me sentía a gusto a pesar de la frialdad de Inés.

***

Habiendo observado desde lejos las montañas de San Gabriel en California jamás se me habría ocurrido que un día viviría en contacto directo con la naturaleza. San Martín se mostraba apacible y silencioso sobre una planicie rodeada de enormes montañas, un mundo totalmente distinto al de la bulliciosa ciudad de Los Ángeles.

No había recibido noticias de Adela y yo prefería olvidar el Colegio de Nuestra Señora del Pilar. En San Martín continuaba trabajando en la preparación de la comida en el turno de la mañana y luego me trasladaba a la clínica del doctor Ríos.

Una tarde me encontré con María, quien frecuentaba la clínica con sus niños.

—María, ¿tienes un segundo nombre?

—María de los Ángeles.

—¿Puedo llamarte Angelita?

—María nomás.

—Es el nombre de la Madre de Dios, pero Angelita también te quedaría perfecto. Eres la mujer más abnegada que he conocido desde que llegué a San Martín.

—El nombre Margarita también se me hace muy bonito, como de una señorita de familia adinerada.

Me tiré una carcajada.

—Lo que menos he tenido desde niña es dinero, ya que mis padres fallecieron. Me adoptó el padre de Inés, a quien recuerdo como si hubiera sido mi verdadero padre.

—¿Y su otra hermana, la que está en la foto que me mostró el otro día?

—Ella es mi verdadera hermana. Se llama Barbie.

—Tiene nombre de muñeca.

—Es porque adoraba las muñecas.

—Me da pena por usted, tan lejos de su hermana. Pero me alegra que esté aquí. Yo no tengo a nadie tampoco, mi esposo me trajo a este pueblo lejos de mi familia porque se oponían a nuestra relación.

—¿Dónde viven tus padres?

—En La Paz. Nunca han conocido a mis hijos.

—¿Has pensado regresar a La Paz?

—La vida es más cara en la ciudad, y abandoné mis estudios de la escuela secundaria para casarme con Rubén. Me sería difícil conseguir un empleo donde me pagaran lo suficiente para rentar un apartamento. Esta casa la construyó mi esposo con sus propias manos, prefería la vida del campo y se dedicaba a la compra y venta de lana y tejidos de la región.

—¿No aprendiste el negocio? Ganarías más vendiendo lana y tejidos que lavando ropa.

María observó sus manos casi ensangrentadas antes de responder.

—Lo sé. Si supiera tejer en telar sería diferente, las mujeres de San Martín deben saber tejer para poder casarse, pero yo no crecí en este pueblo. Además, no sé trasquilar las ovejas y he tenido que vender los animales de uno en uno. El dinero que gano no me alcanza para todos los gastos.

Miguel tenía apenas siete años y ayudaba a su mamá cargando leña y ordeñando la vaca. Tenía la cara manchada de ceniza y sus vivarachos ojos cafés me observaban con tal curiosidad que yo no podía más que sonreírle.

—¿Cómo es el pueblo de Los Ángeles? —me preguntó Miguel.

No sabía por dónde empezar.

—En Los Ángeles, los niños de tu edad se van a la escuela en un autobús de color amarillo —fue lo primero que se me ocurrió decir.

—¿Tienen vista al mar? —me preguntó—. Cuando sea grande quiero vivir cerca del mar.

El comentario me pareció perspicaz. Los bolivianos no tienen acceso al mar y han tratado de negociar el obtener un paso a través de la república de Chile. Hasta el momento no lo han conseguido. Busqué un mapa de los Estados Unidos en mi agenda y le mostré a Miguel la costa de California.

—Estoy aprendiendo a leer —me dijo—. Tengo un libro que me regalaron en la escuela.

Recordé las repisas llenas de libros en el Colegio de Nuestra Señora del Pilar. Era penoso que este niño sólo tuviese un libro, pero quizá un libro era suficiente para aprender a leer. Además, las niñas de mi colegio tampoco lo tenían todo. No contaban con el privilegio de interactuar con animales de granja mientras que Miguel tenía contacto frecuente con llamas, borriquitos, vacas, ovejas y gallinas.

—Me alegra que te intereses por la lectura. Tú y yo necesitamos pasar más tiempo juntos para leer y hablar de tu libro.

—No molestes a la señorita Margarita —dijo María—. Ella tiene trabajos más importantes.

—No, si no me molesta. Tengo tiempo libre.

—¿No tiene que trabajar para el doctor Ríos?

—Me tomaré un descanso. Miguel y yo la pasaremos muy bien leyendo juntos. A cambio de mis servicios él me enseñará a ordeñar la vaca.

El niño sonrió y volteó a ver a su mamá.

—Tienes que dar las gracias.

—¡Gracias, señora Margarita!

—Señorita —le corrigió María.

—Llámame tía Margarita. De ahora en adelante serás mi sobrino y tu mamá será mi hermana.

—¿Es cierto que usted se va a casar con el doctor Espinosa?

Yo me puse roja como el carbón ardiendo en la cocina.

—¡Qué cosas dices, muchacho sinvergüenza! —le dijo María.

***

Jaimito se mantenía en un capullo colgado de la espalda de su madre mientras ella trabajaba. Allí se adormecía con el movimiento. Ella no lo bajaba más que para mudarle el pañal o para amamantarlo. Los anticuerpos transmitidos a través de la leche materna lo mantenían saludable. A María le agradaba lavar la ropa porque esa tarea la ayudaba a olvidar la muerte de Rubén. Terminaba tan cansada que ya no le importaban la cama vacía, su casa solitaria ni las preguntas de Miguel acerca de por qué su padre tuvo que partir. María le repetía que Rubén había tomado un viaje muy largo, un viaje en el que tuvo que entregar su vida.

El sonido del agua cayendo del tanque del convento la relajaba y el ejercicio que tomaba el refregar y enjuagar las prendas la acaloraba lo suficiente para soportar el frío. Al salir de la escuela

Miguel ayudaba a María a preparar el pan de chuño mientras que Jaime seguía dormido.

Yo, por mi parte, salía de la cocina recordando la rutina que tantos años seguí en Los Ángeles y comparándola con mi nueva vida. En el pueblo de San Martín los animales eran indispensables para la carne, los cueros y la lana. También era indispensable el cultivo de la papa, fuente principal de hidratos de carbono en la región. Después de que apartaban la necesaria para el consumo inmediato, el proceso de deshidratación para convertirla en chuño se llevaba por lo menos tres semanas. Tanto hombres como mujeres masticaban coca mientras pellizcaban los tubérculos verificando si estaban listos. Esto sucedía entre los meses de junio y julio, cuando las temperaturas nocturnas bajaban de cinco grados centígrados.

Yo sentía algo que no había experimentado en la gran ciudad: la cara y manos las tenía quemadas de frío, pero mi alma permanecía tranquila.

—¿Por qué no se ha casado? —me preguntó María una noche mientras nos calentábamos las manos en el fogón. Yo la visitaba todas las tardes y no era la única que se preocupaba por su bienestar, la preocupación era recíproca.

Miguel se había quedado dormido en la banca junto a la pequeña mesa en la rústica casa de adobes con techo de teja. El bebé dormía en su canastilla. La puerta de madera estaba forrada de una capa delgada de hojalata y miraba hacia el este para recibir el primer sol de la mañana.

—Nadie me ha propuesto matrimonio. Ni siquiera tengo novio —contesté—, los buenos partidos son escasos.

—¿Y el doctor Espinosa?

Suspiré y me senté en la banca junto a Miguel, acomodándole la cabeza sobre mi regazo. Le acaricié el pelo y observé su cara apacible. No estaba acostumbrada a hablar de temas sentimentales más que con Barbie, así que preferí reservarme de dar cualquier aclaración con respecto a Juan Antonio.

—Me gustaría que mi hermana Barbie viniera a visitarme —le

dije. Levanté a Miguel y ofrecí llevarlo a la cama. Me despedí con la excusa de que debía levantarme temprano a la mañana siguiente.

Después de esa conversación con María me pregunté si algún día encontraría al compañero de mi vida. Juan Antonio Espinosa era la imagen de un santo y mártir enamorado de un imposible, pero dispuesto a serle fiel a su amada. A pesar de hablarle poco y verlo más que durante el trabajo, yo aprovechaba cada momento junto a él. No lo aceptara abiertamente, pero trabajar cerca de Juan Antonio me motivaba a quedarme en San Martín.

***

—Estoy contenta con mi vida. ¿Por qué es que todos en este pueblo quieren que las mujeres se casen? ¿Acaso no puedo ser feliz quedándome soltera?

—No te desanimes —dijo Barbie. Su voz me sonaba lejana. —La gente del campo espera este tipo de cosas, pero tú eres más moderna. Yo tampoco tengo al matrimonio en mi agenda.

—Me he puesto a pensar en Fabio, el hijo de Adela. Me pregunto por qué no les intereso a los hombres.

—Fabio no tuvo la oportunidad de conocerte bien.

—Hay cosas que se adivinan a simple vista, ya sea por la forma de vestir o los temas de conversación. Se dio cuenta de que yo no era su tipo de mujer. No soy tan moderna como tú crees.

Barbie me siguió escuchando sin interrumpirme, siempre fue buena para escuchar. Su trabajo de maestra la llenaba de alegría y estaba satisfecha con la decisión que tomó de mudarse a Guatemala. A sus treinta y tres años, no tenía prisa por casarse ni tener hijos. Empezó a ver a sus alumnos como hijos propios y realizaba su trabajo con esmero. También era fiel voluntaria del hogar de ancianos que visitaba cada semana.

A pesar de las preguntas indiscretas, visitar a María seguía siendo tan placentero como conversar con Barbie. Mi cuarto en el convento era helado y solitario mientras que en la casa de María se disfrutaba del calor de la llama de la estufa. El olor del humo me agradaba y los niños alegraban la pequeña casa con sus ocurrencias y juegos. Disfrutaba leyéndole historias a Miguel y, cuando éste se dormía, María y yo hablábamos de temas más íntimos.

—Le voy a contar un secreto —me dijo una noche—. Miguel no es mi hijo.

Puse el libro de Miguel sobre la mesa y sacudí la cabeza en señal de confusión. Lo que María me estaba revelando me parecía intrigante.

—A mi primer hijo lo perdí poco después de nacido. Tenía un problema del corazón y no teníamos dinero para pagar una operación. Ese mismo día en que enterré a mi niño las monjas me trajeron a un bebé huérfano que necesitaba leche. Yo tenía mucha y no dudé en alimentarlo. Me encariñé con él tanto que traté de averiguar quiénes eran sus padres. "Ha sido el resultado de una relación pecaminosa", me dijo el padre Muñoz, "su madre no se quiere quedar con él. Si usted no lo toma, lo mandaremos a un hogar de niños huérfanos". Rubén y yo estuvimos de acuerdo en adoptarlo como hijo nuestro. Yo pasé algunos años sin poder embarazarme y perder a mi bebé fue la experiencia más difícil que jamás había vivido. Al niño huérfano lo consideré un ángel enviado del cielo para reconfortarme. Lo llamé Miguel. Poco antes de la muerte de Rubén, quedé embarazada de nuevo. Miguel es el recuerdo de mi hijo muerto y Jaime el recuerdo de mi difunto esposo.

—Cuanto lo siento —respondí.

—Todo esto se lo cuento por una razón. He visto que usted es una mujer buena y desinteresada y quiero pedirle una cosa —dijo María, mirándome con ojos de súplica—. Si algún día me muero, usted se encargará de mis niños de la misma manera en que su padre se encargó de usted y de su hermana cuando se quedaron huérfanas.

—Pero si nadie se está muriendo —contesté abruptamente, pero tan pronto como terminé de pronunciar esas palabras me recordé de la muerte de mi padre y de la tía Catalina.

—Claro que me haría cargo de ellos —reiteré. No podía decirle que no a María.

La historia de Miguel despertó mi interés. ¿Quiénes habían sido sus padres biológicos? ¿Por qué lo habían abandonado?

—Gracias —dijo María—. Sabía que usted nunca me diría que no. Además, Miguel la admira tanto. Jaimito también la quiere.

—No pensemos en cosas tristes.

—Tiene razón. Además, estoy sana y puedo trabajar para que a mis hijos no les falte nada.

CAPÍTULO 10

San Martín, Bolivia, septiembre de 2007

Inés y don Felipe estuvieron conversando en el invernadero del convento en donde el jardinero sembraba las hileras de vegetales y los cuidaba con esmero. Fui testigo de la conversación sin que ellos se percataran de mi presencia.

—¿Cuál es su secreto para ser feliz? —preguntó Inés.

—No juzgar a nadie.

—¿Y su religión?

—Las religiones son solamente distintas formas de ver la vida.

A Inés pareció intrigarle la respuesta de don Felipe, quien siendo casi ciego, hablaba de su forma de ver la vida.

—¿Es ateo? —le preguntó.

—Aunque creo que hay un Dios, también tengo mis propias filosofías. ¿Para qué catalogar a las personas en grupos?

—Quiero entender su manera de pensar, tiene tan pocas cosas materiales y al mismo tiempo parece tenerlo todo. Además habla con autoridad, y conoce las respuestas a las preguntas de la humanidad.

—He tenido una larga vida, pero la verdad es que no sé nada. Sólo supongo lo que supongo.

—Sus suposiciones son muy acertadas —agregó Inés.

—La gente me respeta por mi ceguera y porque soy viejo. También sienten lástima por mí.

—Usted no se queja de su condición con nadie.

—Les basta con verme para compadecerse. Pero no se dan cuenta de que mi oscuridad tiene algunas ventajas. En primer lugar, no juzgo a nadie por las apariencias, y en segundo, tengo más tiempo para reflexionar y meditar. Las puestas de sol y los amaneceres siguen siendo bellos aunque yo no pueda verlos.

—¿Cree que la vida es injusta?

—Hija mía, estás llena de preguntas. ¿Por qué no se las haces al cura?

—El padre Muñoz no me entendería.

—¿Y yo sí?

—Algo me dice que sí. Estoy dispuesta a tomar el riesgo de que me entienda o no. Además confío en su discreción.

—En mi discreción puedes confiar si lo deseas.

—Hay una conexión especial entre los dos, parecida a la que tenía con mi padre.

—Habla con Dios, hija mía. Dios no te juzgará tampoco.

—Tiene razón. Dios es misericordioso. La que no perdona soy yo misma.

—Eres demasiado exigente.

—Es uno de mis peores defectos.

—Escucha, hija. Estoy agradecido por tu confianza y por el empleo que me diste. Pero ¿puedo hacerte una pregunta delicada?

—Dígame.

—¿Por qué desprecias a María y a sus hijos?

***

Inés se levantó del escritorio tomando su rosario entre los dedos. Lo llevaba enrollado en la cintura y lo sostenía ya sea a la hora de oración o cuando se sentía insegura.

—Te pareces a mi padre —me dijo—. Siempre le gustaron los niños.

—Te confieso que a mí no me atraen tanto como a Barbie, pero Miguel es diferente. Es una lástima que no pueda recibir la atención que se merece. Su madre trabaja todo el tiempo.

Inés continuó hablando desde la esquina del despacho.

—Conozco la situación de María. Eres libre de ser su amiga si así lo eliges.

Me seguía extrañando la actitud indiferente de Inés hacia María. De no haber sido por el afecto que le tenía a la monja, hubiese condenado esa actitud. No dejaba de preocuparme la suerte de mi amiga y me sentía responsable de su bienestar.

—Paso gran parte de mis ratos libres con Miguel, por eso María me propuso que me quedara en su casa para no tener que caminar de vuelta al convento ya tarde en la noche. Los fines de semana estaré aquí, como de costumbre, y me quedaré a dormir en mi cuarto.

—No hay problema —dijo Inés, pero me pareció como si no fuera del todo sincera.

—Espero no te molesten todas las libertades que me estoy tomando.

—Si titubeo no es porque me desagrade la idea, simplemente tengo otras cosas en la mente y no te estoy poniendo toda la atención debida. Discúlpame. Ya puedes retirarte.

Salí del despacho resintiendo la apatía de Inés; era inusual que no se apiadara de la viudez de María, que no se compadeciera de sus hijos. Yo, mientras tanto, adoraba a Miguel y a Jaimito. Los consideraba mis sobrinos. Pero ellos parecían tener algo que inquietaba a Inés. Ella tenía un sinnúmero de responsabilidades y quizá por eso no podía darse el lujo de ser parcial con nadie en particular. Su trabajo primordial era la formación de las novicias y el manejo del convento. Para Inés, María era tan solo una empleada más entre otras empleadas.

***

Sor Martina tocó a la puerta. Por suerte, Juan Antonio se encontraba en el consultorio temprano en la mañana.

—Sor Inés está enferma —le anunció la novicia.

Juan Antonio tomó su botiquín y salió apresurado con la hermana Martina detrás de él. Se había comprado un austero automóvil que usaba para las emergencias. Sor Martina se sentó en el asiento de copiloto y ambos llegaron al convento en término de dos o tres minutos.

—Que tonterías son estas, si no tengo nada —les dijo Inés—. La hermana Martina exagera las cosas.

—Le estaba faltando el aire —dijo la novicia.

—Ha de ser que me excedí con la cena.

—¿Te duele el estómago? —preguntó Juan Antonio.

—No.

Juan Antonio sacó el estetoscopio para escuchar los pulmones de Inés. La monja estaba sentada en su cama y parecía ansiosa.

—Algo te ha de haber caído mal, pero dudo que haya sido la comida de anoche.

—¿Y qué receta me tiene el doctor sabelotodo?

—Flores de Bach. Te las prepararé antes de retirarme. Más tarde quiero que sor Martina me llame para decirme cómo sigues. Otra opción es que me digas lo que te pasa de una vez por todas.

—Ya suficiente tengo de confesiones. No me pasa nada. Te dije que fueron las papas.

—No te estoy culpando de nada —dijo Juan Antonio, quien esperaba que Inés se calmara con la esencia de flores—, sólo me preocupo por tu bienestar.

Inés se quedó callada.

—Si no fuéramos viejos amigos te diría que no has cambiado en veinticinco años —dijo Juan Antonio.

—Otros pacientes han de estar esperándote.

Después de haber diluido las gotas en agua, Juan Antonio le entregó el frasco a la hermana Martina, quien esperaba en el pasillo.

—Necesita tomar cuatro gotas tres veces al día por una semana. Me avisa si la ansiedad persiste.

—¿Cree que estará bien sor Inés?

—Estoy casi seguro. Pero de todas formas sería bueno que usted me ponga al tanto de cómo avanza.

***

Más tarde Juan Antonio llegó de vuelta a la clínica y se sorprendió de encontrarse con alguien más.

—¿Puedo hablarte? —le dije.

—¿Qué hace mi chef favorita visitándome en horas de trabajo? No tienes cara de enferma.

—Vine a visitar al doctor y no lo encontré en su oficina en horas de trabajo —le respondí.

—No sabía que tú vendrías. De lo contrario, no me habría movido de aquí.

Yo conocía las galanterías de Juan Antonio.

—Quiero hablarte de Inés. Pensé que te interesaría.

—¿Qué hay con ella?

—Ayer se comportó de una manera extraña, como si le molestara mi amistad con María de los Ángeles.

—No veo por qué pueda molestarle.

—Le comenté que quería mudarme a casa de María y no pudo ocultar su descontento. Le dije también que he adoptado a Miguel como mi sobrino, y juraría que se puso temblorosa. Luego me despidió con el pretexto de estar muy ocupada.

Juan Antonio se preguntó por un instante si todo esto tenía que ver con la ansiedad de Inés, pero le pareció poco probable.

—Quizá crea que yo me estoy dando más libertades de las que debo —continué.

—¿Te prohibió que vieras a María?

—Me dijo que hiciera lo que quisiera.

—Entonces no hay problema alguno. Lo más seguro es que te estás imaginando cosas.

—Pienso que no ha sido sincera. Hay algo que le molesta, estoy segura. Tengo la corazonada de que no sólo tiene que ver con María, sino con Miguel.

—¿Con Miguel?

—Miguel no es hijo de María. Ella me lo confesó hace unos días.

—¿Te dijo quiénes son sus verdaderos padres?

—No, ella no lo sabe, pero es probable que Inés sí lo sepa y por eso se haya puesto nerviosa cuando le mencioné que había adoptado a Miguel como mi sobrino. Creí que tal vez tú sabías el porqué de su extraña reacción.

Juan Antonio subió los hombros y las cejas mostrando su desconocimiento del asunto. No parecía interesarle profundizar en el tema.

***

Me quedé con los niños en casa de María mientras ella iba al mercado. Cristóbal, el hijo del carnicero, estaba atendiendo el negocio esa tarde.

—¿En qué te puedo servir?

María observó a su interlocutor con interés y luego pidió lo que buscaba sin molestarle que Cristóbal la tuteara. Éste puso la carne en una bolsa plástica y se la entregó. Después de pagar, María salió de la carnicería tan rápido como entró. La esperaban los niños en la casa y por suerte el pueblo era pequeño, así que no se tardaba mucho tiempo en llegar. Se sacudió los zapatos en la entrada y sin perder más tiempo dispuso preparar la comida.

—El bebé está dormido y Miguel está jugando en el patio —le anuncié, saliendo del dormitorio—, te veo de buen humor. —Noté que María estaba preparando la receta que tanto le gustaba a Miguel.

—Conocí al hijo del carnicero.

—¿Cristóbal? Es un tipo atractivo.

—No me refería a eso —dijo María, arreglando la sábana para cargarse al niño dormido.

—¿No crees que Jaimito ya está muy pesado como para que todavía te lo cargues en la espalda?

—Me hace falta el calor de su cuerpo.

—¡Mamá! —interrumpió Miguel, entrando apresurado—. ¿Quieres ver la carretera que construí para mis carritos?

—La comida ya está lista. Mira nomás cuánta tierra, ¿te puedes lavar las manos?

Miguel asintió con la cabeza.

**

A la semana siguiente, María llegó a la carnicería esperando encontrar de nuevo al hijo del dueño. Cristóbal tendría unos veintiocho años, era de estatura mediana y porte ancho. María no podía evitar el sentirse atraída por él. Enviudó tan joven que sus hijos y el trabajo le ocuparon todo su tiempo, hasta el día que conoció a Cristóbal.

—Hola María.

—¿Cómo sabes mi nombre?

—Es un pueblo pequeño.

María sonrió.

—Te ves más bonita cuando te sonríes.

Ante el comentario de Cristóbal, se tornó seria.

—Tengo dos hijos, supongo que también lo debes saber.

—¿Eres casada?

—Viuda.

—Me llamo Cristóbal.

—Lo sé. Me lo dijo Margarita.

—Veo que tus contactos son tan buenos como los míos.

—Vine a comprar carne molida. Es la que más le gusta a Miguel.

—¿Miguel es tu hijo?

—Tiene siete años. Ya te dije que tengo dos hijos.

—No juzgo a las mujeres por cuántos hijos tienen.

La carne estaba empacada y ella hizo un gesto de que tenía que marcharse. María pensó que Cristóbal seguramente coqueteaba con todas las mujeres que llegaban al mercado sin importarle que fueran solteras o casadas, sin embargo le agradaban sus atenciones.

San Martín, Bolivia, noviembre de 2007

Los manteles y las sábanas sucias se estaban acumulando en el convento.

—No hay señales de María —se quejó sor Martina—. Sor Inés no consiente que las empleadas se tomen tales libertades.

—Hablaré con ella —le dije.

Era extraño que mi amiga no se presentara al trabajo, pensé que el percance tenía que ver con Cristóbal, aunque María me había ocultado los detalles de su relación con él, quizá por pena de que yo me opusiera. Por el contrario, me agradaba la idea de que María pudiera dejar el trabajo de lavandera para casarse de nuevo. Pero cuando María volvió al convento, su cara lucía pálida y angustiada.

—¿En dónde andabas? —le pregunté.

—Mi buen juicio parece empeorar con el paso de los años —dijo María, limpiándose la nariz con un pañuelo.

Visitó a su familia en la Paz, pero su madre y su padrastro no quisieron recibirla, ni siquiera para conocer a sus hijos. Después de su regreso a San Martín, se la pasó llorando toda la noche sin lograr consolarse.

—¿Por qué sigues llorando, mamá? —le preguntó Miguel.

—Es que me duele el estómago —dijo ella.

Pero la realidad era otra. No pensó en la posibilidad de quedar embarazada. Se dejó llevar por el apuesto carnicero y ahora llevaba otro hijo en sus entrañas sin atreverse a soñar con un final feliz.

CAPÍTULO 11

San Martín, Bolivia, noviembre de 2007

Algunas monjas oyeron rumores de que Inés se había disgustado con María, pero se reservaron de hacer comentarios porque no les convenía crear discordias ni hacerle mala fama a la casa. Tenían órdenes de no dejarla entrar al convento y, sin embargo, María logró saltarse la reja y entrar por la puerta de atrás.

—Creímos que ya no querías trabajar aquí —le dijeron—. Era tarde y estaban a punto de cerrar la puerta.

—Es que tengo algo muy importante que hablar con sor Inés —dijo María—. Ella me está esperando en su despacho.

Ante la insistencia de María, las monjas la dejaron pasar. Antes de que Inés pudiera protestar, la madre adoptiva de Miguel se encontraba frente a ella.

—Di órdenes estrictas de que no quería verla —dijo Inés—. Abandonó sus obligaciones sin excusa alguna.

—De eso precisamente vine a hablarle, hermana. Tiene que escucharme.

—No puede obligarme.

—Ambas sabemos por qué estoy aquí. Usted misma se ha delatado con su prisa por despedirme.

La hermana Martina entró en ese momento con una taza de té y se extrañó de que sor Inés tuviera una visitante.

—Gracias por el té —dijo Inés—. Tengo que hablar con María. Por favor, vea que nadie nos moleste.

La hermana Martina salió del despacho cerrando la puerta.

Inés dirigió una mirada de enojo hacia María. Quiso llamarle la atención, pero la voz se le apagó antes de poder articular las palabras correctas.

—No necesitamos explicaciones —prosiguió María, con el semblante más triste que acusador—. Logró deshacerse del niño, pero conmigo no será tan fácil. Si me echa, les puedo decir a todos que Miguel es su hijo.

—¿De qué está hablando?

—Soy la mujer a la que las monjas entregaron el niño y también soy inteligente. Si usted no fuera la madre, su conciencia estaría tranquila.

—Mi conciencia está tranquila. No me asustan sus acusaciones.

—Siempre nos ha tratado con desprecio. ¿Por qué ha sido tan injusta? Necesito mi trabajo de vuelta. Estoy dispuesta a actuar como si nada hubiera pasado siempre y cuando usted haga lo mismo. Es lo que más nos conviene a las dos.

—Eso no será posible —dijo Inés. No pensaba continuar escuchando a María. Se levantó de su asiento, abrió la puerta y sonó la campanita para llamar a sor Martina.

María no tuvo más remedio que marcharse. Habría preferido quedarse en San Martín, pero sin su empleo en la Casa de las Hermanas se iba a ver en aprietos para alimentar a sus hijos. Se retiraría con pocas cosas a su nombre: el cheque de su último salario y una carta de recomendación del padre Muñoz. No tenía diploma de la escuela secundaria y quizá no bastaría con la referencia del Padre para que le dieran un empleo en la ciudad.

***

Después de su conversación con María, Inés pasó varias horas meditando en su recámara. Decidió despedirla y no se arrepentía. María encontraría la manera de continuar con su vida fuera del convento. Algunos acusarían a Inés de desalmada cuando en realidad la conspiración era en contra de ella, pero no debía flaquear porque Dios estaba de su parte. La podían criticar si así lo deseaban, al cabo nadie era perfecto, pero ella tenía un trabajo que realizar y esto era lo único que le importaba. La Casa de las Hermanas necesitaba un pilar que la sostuviera con fuerza; siempre habría quien la quisiera derribar y a quien no le pareciera su estilo de liderazgo. No debía ser parcial con nadie.

Inés observó su cara en un pequeño espejo que sacó del cajón. Pocos la habían visto sin el hábito en mucho tiempo y sus cabellos se estaban empezando a salpicar de blanco. Le daba cierto grado de satisfacción que muy pronto ya no sería atractiva para Juan Antonio ni para ningún otro hombre. Finalmente Juan Antonio se olvidaría de ella y correría tras otra mujer que no cargara el peso de los años. Inés seguiría siendo la dueña de su propia vida y de su propia suerte. En el día del juicio Dios sería misericordioso.

"La mies es mucha, pero los obreros pocos" seguiría siendo su lema y Dios no estaría en desacuerdo. Dios la perdonaría por haber sentido en un momento el deseo de pertenecerle a un hombre y la perdonaría también por haber aprovechado la oportunidad para deshacerse de María. Despidió a la madre de Miguel para salvar su reputación y la reputación del Convento de San Martín, su hogar y la única razón de su existir.

Con una luz tenue y la ayuda de sus gafas, Inés escribía en el pequeño escritorio de su recámara. Se merecía una secretaria pero no asignaba el puesto porque, según su criterio, ninguna de las monjas calificaba. Tan pronto como terminó de escribir, sostuvo el rosario entre los dedos y se puso a rezar. Estaba muy cansada y a pesar de todo esa noche necesitaba meditar más que nunca para liberar su mente de remordimientos. Sólo rezando podía olvidarse del niño y de María. Por fin se habían marchado.

Esa noche, mientras Inés dormía, el suelo empezó a moverse abruptamente. Se sentó y gritó "¡papá, papá!", sintiendo que se quedaba sin aire. La cara se le volvió dura como una piedra, sin sensibilidad. Tenía la garganta adormecida y sintió que se ahogaba.

"Me muero", pensó, "esto es lo que se siente morir". En los pocos segundos que le quedaban, luchaba con el ahogo. "No estoy lista. Por favor, todavía no", imploraba. El hilo que le quedaba de aliento estaba por romperse y entonces clamó: "perdón, perdón", frase que pronunció repetidamente en su desesperación.

Por fin, cuando pudo respirar, sus lágrimas quisieron salir, pero se quedaron estancadas a medio camino y sólo tuvo una secreción de la nariz. Inés buscó un pañuelo y se sonó. Todavía no amanecía y acababa de despertarse de un horrible sueño.

"¿Acaso es esto lo que se siente al morir?", se preguntó de nuevo, "¿así es como se acaba todo? Debería sentirme feliz de ir a la gloria, pero estoy segura de que algo me falta por hacer, de que algo está inconcluso".

Su padre la condujo lejos de Guatemala para salvarle la vida, ¿y para qué más?, ¿qué significado tenía su existencia?

La amargura de sentirse incompleta le impedía recibir la gloria. No era una santa después de todo.

"Todos somos malos", concluyó finalmente, "todos hemos pecado y no hay justo ni uno sólo. Ser perdonado es el todo del hombre y la mujer. Porque, ¿qué somos sino un vapor que se desvanece?".

***

Este era el secreto que le robaba la paz. Ocho años atrás había perdido su virginidad. El doctor Ríos se mostró tan interesado en ella como ella en él, y la atracción fue tal, que ambos sucumbieron ante el deseo. Una noche bastó para engendrar un hijo, un pequeño niño que llegaría al mundo sin un hogar definido. El sentido del deber le volvió en el momento en que terminó de cometer el delito. Avergonzada de su proceder, en los días consecutivos evitó a toda costa encontrarse con el doctor. Él tampoco la buscó y, tan pronto como descubrió que estaba embarazada, Inés resolvió que ni él ni nadie se enteraría. Conocía perfectamente las reglas de la iglesia y acostumbraba a confesarse, pero esta vez haría una excepción. Escondió su abdomen por nueve meses con fajas y el hábito de color negro. Se fue a La Paz con el pretexto de un viaje de retiro y dio a luz sola, en un hospital donde pasó desapercibida. Finalmente, llevó al recién nacido a la iglesia de San Martín diciéndole al párroco que el niño era huérfano. Enterado de la muerte del hijo de María, el padre Muñoz se preguntó si ella estaba dispuesta a amamantar al huérfano. El tiempo no pudo haber sido más exacto. El niño fue acogido sin dificultad en casa de María.

El doctor Ríos la sedujo y ella se dejó llevar por un acto mecánico. Inés no deseaba tomarle afecto a un niño cuyo padre no amaba. El doctor estaba acostumbrado a ver mujeres sin ropas, a escudriñar cuerpos y examinarlos como objetos. Inés se lo permitió. Ella le siguió el juego en esa época en la que era "débil" ante el sexo opuesto. Pero esa experiencia la hizo cambiar y ahora ni siquiera Juan Antonio podría hacerla tropezar. La lección estaba aprendida. No más juegos, no más distracciones. Las consecuencias fueron desastrosas. Una mujer dedicada a Dios no podía manchar su reputación de esa manera, engendrar un hijo y abandonar su responsabilidad para con la orden religiosa.

Ocho años después tuvo el valor de construir una pared entre ella y Juan Antonio. Enterró su ilusión en un pozo profundo, donde el corazón no alcanzara a engañarla de nuevo, donde la pasión no la hiciera perder la razón.

**

Inés se levantó de un humor extraño. Respiró profundamente y de la nada hizo un comentario inesperado.

—Soñé que me moría y que no me sentía preparada para ello.

Era nuevo que Inés hablara de un asunto tan personal como el miedo a la muerte. Por muchos años la monja trató de esconder sus temores. Sor Martina se preguntó si Inés se arrepentía de haber despedido a María del convento, pero sabía que no debía mencionar el nombre de María.

—¿Regresará Margarita? —dijo sor Martina.

—No lo sé.

Ambas monjas se encontraban en el patio del convento llevando trozos de leña para el fuego de la chimenea. Su padre fue el único ser al que Inés verdaderamente había deseado complacer, como si de esa manera honrara su memoria para siempre.

¿Por qué se preocupaba ahora? ¿Por qué se sentía sola? Se sentía vacía por dentro. Recordó el mapa del camino a San Martín, el mapa que su papá le dibujó en Guatemala. En algún momento su vida se quedó sin dirección.

—Creo que ya tenemos suficientes leños —dijo la hermana Martina—, acallando los pensamientos de Inés.

—Encárguese usted de echarlos al fuego mientras yo voy a visitar al doctor Ríos. Tengo un mensaje importante que llevarle.

—¿Quiere que yo se lo lleve?

—Necesito hacerlo yo misma.

La hermana Martina asintió con la cabeza y se apresuró a cumplir con las órdenes de Inés.

—¿Estará de vuelta a tiempo para la misa? —le preguntó, volteándose para ver a su superiora.

Inés no respondió. Dejó los leños a un lado de la puerta y se dirigió hacia la calle. Necesitaba reflexionar y alejarse del convento por un rato.

Caminó rumbo a la laguna y recordó el día en que llegó a San Martín por vez primera, cuando todavía era una jovencita. Lágrimas rodaron sobre sus mejillas al revivir el miedo y la incertidumbre, el vacío y desconsuelo en su corazón. "No le he perdonado a mi patria el asesinato de mi padre", dijo para sí. "¿Cómo olvidar el derramamiento de tanta sangre inocente? Dos compañeros universitarios, dos abogados, y eso sólo en mi círculo pequeño".

Esto lo dijo mordiéndose los labios mojados de lágrimas. Hizo un esfuerzo para borrar de su mente la noche en que hombres desconocidos se llevaron a su padre. Pero el dolor seguía latente.

"¿Cómo hacer las paces con esa tierra que olvida a su gente muerta y que olvida su historia?", se preguntó. "Las empleadas no dejaban que Margarita y Barbie escucharan las noticias. No les mostraban las fotos de los cadáveres que salían en los periódicos. En varias ocasiones quise haber abandonado este mundo para reunirme con mi padre, pero Dios me dejó con un propósito. Dios es el único que concede el perdón, el que conoce los corazones y los juzga. Dios es mi juez".

Su padre había muerto y semejante pérdida le dolería mientras viviera. Tenía un vacío en el corazón, un vacío que quiso llenar con su llamado religioso. También lo quiso llenar con una ilusión pasajera, pero todo intento parecía haber fracasado porque ni la religión ni el amor terrenal le podían conceder la paz interior.

La noche que pasó con Enrique Ríos se embarazó de Miguel, quien ahora era hijo de María. Se dejó llevar por un momento de deseo y de ceguera. Por este pecado Inés había pedido perdón cientos de veces. El día en que iba a dar a luz se rasuró la cabellera y caminó con los pies descalzos desde la estación de autobuses de La Paz hasta el hospital, con los dolores de parto acosándola. El niño esperó pacientemente hasta la hora oportuna. Miguel nació en el momento en que su madre puso los pies en el hospital, adolorida y temblorosa. El niño lloró de triunfo y no de tristeza; llegó al mundo sin que el dolor se lo impidiera, listo para encarar cualquier desafío que se le presentara. Después de todo, la carrera no la gana el más fuerte, sino el que tiene el valor de luchar.

Los recuerdos le traían todo aquel sufrimiento de vuelta, pero en este momento el martirio más grande era la soledad. Se limpió las lágrimas una vez más y caminó hacia la clínica del doctor. No estaría de regreso a tiempo para los rezos de la mañana, pero era indispensable hablarle al doctor Ríos.

—¿A qué debo el honor de tu visita tan temprano en la mañana? —le preguntó el padre de Miguel.

Inés no le guardaba resentimiento. Nunca le dijo lo del niño porque creía que a él no le interesaría. Ahora era demasiado tarde para confesiones. Miguel era hijo de María y no se podía cambiar el pasado. Su hijo nunca vería a Inés como una madre ni al doctor Ríos como un padre.

—Luces triste —agregó.

—Sólo pensativa —dijo ella, fingiendo una breve sonrisa—. Margarita se marchó para La Paz con María y todo fue culpa mía.

—Basta de pesimismos. Por mucho tiempo estuvimos solos y no nos hizo falta nada. Los obreros han sido y seguirán siendo pocos, pero eso nunca nos ha desanimado.

—Éramos más jóvenes —alegó Inés, quien en otra situación habría compartido el parecer del doctor Ríos, pero ahora no estaba tan segura.

—La edad es psicológica. Hay trabajo que hacer y nada de tiempo que perder. Si Margarita se marchó con María, ya vendrán otras mujeres que estarán dispuestas a seguir colaborando en la clínica y el convento. Yo no me iré a ninguna parte. Puedes contar conmigo.

Inés sabía que el doctor tenía razón, que no debían preocuparse por el futuro. Ella caminó con fe por muchos años y el convento seguía en pie. El único inconveniente era que ella ya no tenía la misma energía de antes, se quedaba sin aire cuando acarreaba leños pesados y su paso era cada vez más lento. Comenzó a delegarles más responsabilidades a las novicias y en ocasiones se le hacía difícil levantarse por las mañanas.

¿Estaría simplemente deprimida? ¿Sería que alguna enfermedad la acosaba? Odiaba quejarse y prefirió no hablar de sus dolencias con el doctor Ríos. Bastaba con haberle revelado su miedo a la soledad. Por el momento se consolaba con haber escuchado de la boca del propio doctor que podía contar con su amistad hasta el final.

En el camino de regreso al convento el sol se ocultó entre las nubes. Inés le pidió al cielo que borrara el pesar de su alma.

"Quizá la juzgué con demasiada severidad", se dijo a sí misma. María le habló con la verdad y pese a todo Inés se fue en contra de la verdad. No quería que nadie la descubriera, se sentía atacada y defraudada. Pero ella actuó de la misma manera, atacando y defraudando a María. Habría deseado tener la oportunidad de traer de vuelta a la madre de Miguel al Convento de San Martín, pero tenía miedo de que el doctor Ríos se enterara de su secreto. El doctor era el único aliado que le quedaba aparte de la hermana Martina. Sor Martina era la monja que más convivía con Inés, aunque Inés prefería no confiarle sus intimidades por temor a que la novicia las divulgara. Sor Martina, en cambio, no le ocultaba nada, hasta el punto de haberle hablado de la atracción que sintió por Juan Antonio en un tiempo. Sor Martina confesaba sus pensamientos pecaminosos a cada paso, y eran tantos que ya nadie le hacía caso.

Después de haber hablado con el doctor, Inés se sentía más animada. Si los malestares le continuaban, tendría que comentarle acerca de la falta de aire y la fatiga. Seguramente el doctor Ríos la enviaría a La Paz a hacerse algunas radiografías de pulmones y cosas como esas. Pero había tanto trabajo en el convento que los análisis podían esperar unos cuantos días, o al menos eso creía Inés.

La hermana Martina estaba en desacuerdo. Al darse cuenta de que Inés seguía ignorando su desmejoramiento físico, ella misma tuvo el cuidado de visitar al doctor Ríos y ponerlo al tanto de la enfermedad de Inés.

—Siempre ha puesto su fe en Dios —dijo la hermana—, cree que es indestructible y a pesar de todo puede que esté equivocada. Sor Inés hace bien en confiar en Dios, pero eso no es una excusa para descuidar su salud. Se está dejando vencer. Su fuerza interior se está debilitando.

—Yo he tratado de animarla y le agradezco que usted también lo haya hecho. Le va a llevar un poco de tiempo acostumbrarse a la ausencia de Margarita. Inés tiene síntomas de depresión.

—Eso no es todo. Sor Inés está muy débil. No soy médico, sin embargo sé que algo no está bien.

El doctor Ríos no entendía de lo que sor Martina le hablaba porque Inés le ocultó la verdad acerca de sus dolencias, pero sabía que debía escucharla.

CAPÍTULO 12

La Paz, Bolivia, enero de 2008

En el restaurante del hotel en La Paz organizaba las compras del mercado asegurándome de que los cocineros tuvieran todo lo que necesitaban en la cocina, tarea con la cual estaba familiarizada. También supervisaba la preparación de la comida.

Adoraba las comidas bolivianas como el chairo y la sopa de quinua con habas secas. Cocinando me olvidaba de las cosas que me molestaban; ocupada me sentía mejor. No tardé en adaptarme a la vida de esa urbe suramericana y al ambiente de Sopocachi, en el área central de la ciudad; renté un apartamento cercano a este barrio. Comencé a devengar una modesta mensualidad de seguro social por los años que trabajé en el Colegio de Nuestra Señora del Pilar, suficiente para ajustar los ciento cincuenta dólares que me costaba pagar la renta.

Con el primer salario compré algunos libros y juguetes para los niños. Me reservé de gastar dinero en muebles porque la pieza contaba con camas, un sofá, una mesa de comedor y cuatro sillas. Mientras menos muebles, más espacio para que los niños jugaran. María era como una nueva hermana, y Miguel y Jaime como mis legítimos sobrinos.

Miguel tenía la mirada familiar, ojos color chocolate y un aire de independencia en medio de la inocencia. No me llamaban la atención los niños, pero con él fue amor a primera vista: podíamos platicar, leer, comer juntos y divertirnos con cualquier pequeñez. Estar lejos de Miguel y María me habría dolido más que dejar el pueblo de San Martín. Nada iba a ser igual sin ellos, así que me fui con ellos. Me tocó empezar el "juego de mesa" desde el cuadrito número uno, como si no hubiera tenido experiencia en lo que hacía, pero el ajetreo de la ciudad me inyectaba energía para salir adelante.

Por las mañanas, cuando María salía a trabajar y Miguel se iba a la escuela, aprovechaba para sacar a pasear a Jaimito. El carruaje infantil que compramos en una de las populares tiendas de segunda mano cumplía perfectamente con su propósito. Al regresar María, yo me iba al hotel y trabajaba hasta que cerraban el restaurante.

Mauricio Padilla, el jefe, estaba encantado con mi trabajo. Me sentía feliz por la aceptación que tuve y deseaba compartir mi éxito. Como me pasaba a menudo, habría querido tener a Barbie cerca, pero yo vivía mi vida y ella la de ella, diferente a la vida que llevábamos en Los Ángeles.

Querido diario:

El mundo da vueltas. Ahora vivo con una mujer llamada María de los Ángeles en la ciudad de La Paz. La conocí en San Martín, donde trabajé por unos meses; me vine con ella porque nos queremos como hermanas y nos ayudamos la una a la otra.

María no es la mujer típica con la que uno se topa en cualquier esquina, no obstante, si un día la ven caminando por las calles, se darán cuenta de que es semejante a las chapinas que se levantan temprano en la mañana a calentar el *mosh*, las tortillas y los frijoles fritos.

Dicen que no es bueno que el hombre esté solo y la mujer tampoco, y que la mujer debe tener hijos para que la cuiden en su vejez. Con este segundo punto difiero un poco; no me preocupo por el mañana. María, en cambio, me ha sacado un trato. Si ella se muere, yo me haré cargo de sus hijos. Accedí no para que me cuiden cuando sea vieja, sino porque los veo como a mis propios sobrinos. María lleva a Jaimito cargado en la espalda y Miguel corre desenfrenado para sacar la energía almacenada como una bomba que no puede explotar ni en la escuela ni en la pieza que rentamos a la par de doña Filomena.

Sol, el gato de color anaranjado, es oriundo de la tierra de María, nacido en La Paz. Está acostumbrado a la vida de la ciudad y es amigo de las calles y callejones de concreto. Yo soy amiga del silencio más que del bullicio. Por las noches escribo en este pequeño cuarto cuya ventana da a la calle. Por allí dejo salir a Sol a dar su paseo nocturno mientras María duerme con los niños en el cuarto de al lado. Cuando Sol quiere volver a entrar, simplemente rasca el vidrio entre los barrotes de hierro, y yo le abro.

Mi madre murió cuando yo tenía apenas dos años, pero he estado rodeada de mujeres toda mi vida: mis hermanas Barbie e Inés, Aurelia y Carmen, las muchachas que me cuidaban de pequeña, luego tía Catalina, mis compañeras del colegio y ahora María. Recuerdo que Aurelia y Carmen nos llevaban a Barbie y a mí a la panadería a comprar los deliciosos cubiletes. Dichos panes azucarados eran más grandes que los comunes cachitos y molletes de a dos por cinco y podíamos darnos el lujo de pagar diez centavos por cada uno, lo mismo que costaba un boleto de autobús dentro de la Ciudad de Guatemala.

¿Qué sería del mundo sin las mujeres?

Nos tienen, nos cuidan y nos llevan a donde quiera que vayan. Las mujeres también nos visten. Una guapa mujer llamada Tita cosía vestidos para mis hermanas y para mí; Barbie aprendió a diseñar ropa para sus muñecas. Yo prefería encargarme de preparar el coctel de frutas: piña, manzana y banano. Ponía capas de cuadritos de fruta dentro de un trasto de vidrio y luego le dejaba caer jugo fresco de naranja. Barbie le agregaba al coctel malvaviscos blancos que en Guatemala llamábamos "angelitos".

En diciembre acompañé a María al mercado a comprar fruta para el ponche navideño. Cortamos la papaya, la piña y las manzanas como para un coctel, y luego hervimos toda la fruta con agua, canela, pasas, ciruelas secas y panela. El olor de la canela y la fruta que despedía la olla también me recordó mi infancia.

Algo me ataba a Bolivia, no era sólo María. Nuestro traslado me unió mucho más a ella y los niños, pero también a Juan Antonio, quien me llamaba a menudo para conversar. Al segundo mes de habernos instalado en La Paz, llegó de visita.

—Miguelito ha preguntado por usted —dijo María—, no dejaba de ver el reloj contando las horas para que llegara.

El niño corrió para saludar a Juan Antonio mientras que María colocaba al bebé en su canastilla.

—Como puedes ver, me estoy volviendo tan popular como tú —dijo Juan Antonio, besándome en la mejilla.

—Me alegra verte —le dije.

Juan Antonio halagó nuestro apartamento, la cocina y la estufa eléctrica.

—Te preparamos una cazuela de tarhui —agregué, quitándole la tapadera a la sopa hecha con esos frijoles claros conocidos como soya andina.

—Huele delicioso.

Miguel cargó al gato para mostrárselo a Juan Antonio. Luego lo colocó en el sofá y le acarició el lomo.

—¿Te gustan los gatos? —me preguntó.

—Éste se me hizo simpático. Le dimos restos de comida y pronto nos adoptó. Creo que se siente a gusto en el apartamento, quizá era amigo de los antiguos inquilinos.

—¿Le pusieron nombre?

—Se llama Sol. Es amarillo y está muy calientito —dijo Miguel, sin dejar de acariciarlo.

—Su compañía nos ha caído del cielo —dijo María.

—Está muy bonito y se deja que yo lo toque —agregó Miguel.

Mientras todos hablábamos, Juan Antonio me observaba con interés. Indudablemente me había caído bien el sol de La Paz. Mi cara tenía más carne. Jugaba con un mechón de cabello que me caía sobre un hombro y, cuando me percaté del brillo intenso de su mirada, sentí una extraña sensación en el pecho como el cosquilleo que experimenté al estar cerca de Fabio, el hijo de Adela. Juan Antonio era diez años mayor que yo y decidí jugar el papel de mujer ingenua.

—¿Ya conoces todo el centro de la ciudad? —me preguntó.

—Casi no he salido —respondí.

El chofer del hotel me llevaba al mercado y luego de vuelta, lo cual no contaba como paseo. Ni siquiera había subido al teleférico que atravesaba la ciudad de un extremo a otro.

—Es hora de que lo veas todo. Después de la comida nos iremos a pasear.

Y así lo hicimos. Sería un fin de semana fuera de lo común gracias a la atención de Juan Antonio Espinosa.

La ciudad de La Paz está ubicada dentro de una hondonada rodeada de exóticas montañas y cerros. Caminamos por la basílica de fachada barroca y visitamos el Centro Cultural y Convento de San Francisco en plaza del mismo nombre. Nos turnamos empujando el carruaje del bebé, aunque sólo visitamos unas pocas de las salas del museo porque Miguel prefirió correr por los jardines de árboles medicinales y subir al mirador en el techo de la iglesia, donde apreciamos las campanas de bronce del antiguo campanario.

Yo esperaría otra ocasión para visitar la afamada biblioteca situada dentro del mismo recinto.

—Tienen que salir a cenar esta noche —propuso María.

Juan Antonio hizo reservaciones en un pequeño café cercano, pero trató de hacerme creer que la idea era espontánea. Después de cambiarnos de ropa y dejar a María y los niños en el apartamento, salimos a cenar.

—No la había pasado tan a gusto desde hace muchos años —me confesó Juan Antonio.

Yo también estaba gozando enormemente de su compañía.

—¿Te importa mi edad? Quiero pasar más tiempo contigo.

—Me inquieta que todavía estés enamorado de Inés. Todo lo que hacías era hablar de ella —le dije. No me importaba tanto su edad como su antigua relación con mi hermana.

Juan Antonio bajó la cara y en un suspiro respondió:

—Me ignora y me seguirá ignorando. Me ha tenido a sus pies como un esclavo. Pero no has contestado a mi pregunta.

—¿Qué es lo que te atrae de mí?

—Las hermanas Barrundia son inconfundibles. Sin embargo, las tres comparten un aire de independencia. Tú te ves joven. Puedes pasar por una mujer de veintiocho. Podrías casarte y tener hijos.

—Los hijos son una gran responsabilidad.

—Sólo quise decir que estás a tiempo, si ese es tu deseo. Ves cómo te has encariñado con los hijos de María —Juan Antonio hizo su copa a un lado y bajó la cabeza de nuevo—, yo, en cambio, a veces creo que he fracasado en la vida. No he hecho nada grandioso, ni siquiera he ganado dinero.

—Eres un buen médico y la gente de San Martín aprecia tu trabajo. El dinero es secundario.

—Pero sin él no podría mantener a una familia. Creí oírte decir que los hijos son una gran responsabilidad.

—Primero necesitas una mujer con quien compartir las responsabilidades.

—¿Quieres ser esa mujer?

—Pareces un muchacho de quince años, me encanta tu sentido del humor.

—No, si no es broma. Estoy hablando en serio.

Yo le atribuía el tipo de conversación a la cerveza del almuerzo y las dos copas de vino que nos tomamos durante la cena. Pero el humor de Juan Antonio parecía mejorar a cada minuto.

—¿Bailamos? —me preguntó.

Reconocí la música de una famosa melodía paraguaya.

—Me encanta esa canción —le dije.

—Es melancólica.

—Eso no le quita lo hermosa.

—¿Sabes que quiere decir *kuñataí*?

—No.

—Señorita Margarita. ¿Me concede usted el honor?

Recibí el cálido y cómodo pecho de Juan Antonio, su aroma varonil y embriagante. Me dejé llevar como una muñeca de trapo, ligera y liviana. Él me tomó con delicadeza y bailamos por un largo rato. A la media noche le dije que debíamos volver al apartamento. Juan Antonio hizo caso omiso de mi comentario y me besó. Me entregué en sus brazos y ambos perdimos la noción del tiempo como dos chiquillos con una eternidad por delante. Me pinché la mejilla para asegurarme de que no estaba soñando.

CAPÍTULO 13

Ciudad de Guatemala, febrero de 2008

Una semana después de nuestro encuentro en La Paz, Juan Antonio se dirigía hacia Guatemala para ver a su madre. Después de revisar sus mensajes y no encontrarse con nada importante, guardó su teléfono y descansó apoyando los codos sobre la bandeja del asiento del avión.

Llegó sin contratiempos. El taxi siguió la misma ruta de siempre.

—¿Es guatemalteco? —le preguntó el chofer.

—Soy más guatemalteco que las champurradas, pero vivo en Bolivia.

—¡Ja, ja, ja! ¿No tienen champurradas por allá?

—Lamentablemente no. Me hacen mucha falta para acompañar el café.

—¿Viaja seguido?

—Mi madre está enferma, por eso he venido.

—Ha de quedar lejos Bolivia.

—No es tan lejos cuando uno tiene a su novia por allá.

—Creí que era casado.

—Divorciado.

—¿Se quedó triste la novia?

—Tengo una semana de no hablarle, quiero que me extrañe.

El conductor era un hombre de unos cincuenta años y le dio a Juan Antonio una serie de consejos con respecto a las mujeres.

—Yo que usted la llamaría para asegurarme de que se está portando bien. No hay que dejarlas solas mucho tiempo, no sea que se vayan con otro.

Pararon en la garita de la entrada de la colonia y después el taxista dejó a Juan Antonio en la puerta de su casa. La empleada le abrió y lo ayudó a rodar la maleta hasta la sala.

—Estoy segura de que sólo se trata de una exageración de parte de los médicos—, dijo doña Elena cuando lo vio entrar al dormitorio.

—Madre pequeña —la saludó él con un beso en la frente—. No es que estemos exagerando, es que debemos asegurarnos de que todo está bien. Después de los análisis, sabremos con certeza lo que te pasa.

—Estos mareos son cosa de la vejez —afirmó la señora—, son seguramente mis oídos.

—Una cosa es que te marees al acostarte y otra es que te quedes inconsciente y ni siquiera te recuerdes de lo que pasó.

—¿Y quién te dijo todo esto? Yo no quería que te preocuparas y mucho menos que hicieras un viaje tan largo por mi culpa.

—Mirella.

—No debí contarle nada a esa chismosa. Ya platiqué con el doctor Anzueto y me hicieron una resonancia magnética. Sigo "vivita y coleando".

—Debemos prevenir que te dé un derrame cerebral.

—Ven aquí mi muchacho —le dijo su madre, abrazándolo—. Lo que Mirella no te dijo es que tengo ángeles que me protegen. Caí en el piso de cerámica y me levanté sin un rasguño, como si hubiera caído sobre almohadas. ¿Ves cómo este mundo no se puede deshacer tan fácilmente de una vieja?

—Pues yo soy otro ángel de carne y hueso que vino de visita.

En ese momento entró Mirella de Barrundia con un ramo de

rosas color naranja en una mano y una caja de chocolates en la otra. Era conocida de la empleada y ésta última la dejó entrar a la sala. En un par de segundos Mirella estaba arriba de las escaleras y adentro de la recámara.

—¿Cómo está mi señora favorita? ¡Qué suerte tengo de encontrarme con Juan Antonio! Me imaginé que llegaría tarde o temprano.

***

Eran las diez de la mañana del día siguiente. Doña Elena entró al cuarto de Juan Antonio con un vaso de jugo de naranja y panes franceses untados con mantequilla.

—Creí que tú eras la enferma. Ahora resulta que me traes el desayuno a la cama.

—Tonterías. Estoy perfectamente bien. Quiero consentirte antes de que te vayas de nuevo.

Juan Antonio se sentó y colocó la almohada detrás de su espalda.

—No puedo quitarme a Margarita de la mente.

—Me gusta esa muchacha. Se ve seria y responsable.

—Le ha devuelto la alegría a mi vida. Creo que me estoy enamorando de nuevo.

—Siempre he querido que encuentres a la mujer que te haga feliz. Si se trata de Margarita Barrundia, enhorabuena. Su padre era un hombre eminente y trabajador, que pena que haya sufrido una muerte tan trágica.

—Aunque se muestre un tanto reservada y distante, me atrae enormemente. Quiero correr a verla como un niño tras su juguete favorito.

—Pues vaya, mi rey, no pierda tiempo. Esta vieja no puede esperar para comenzar los preparativos para la boda.

—No tengo nada que ofrecerle.

—¿Amor?

—No se puede vivir sólo de amor y agua fresca. Hasta el agua fresca es escasa en La Paz.

—¿Por qué no te consigues un trabajo en Guatemala y te la traes para acá? Ya no tiene caso que se queden en Bolivia.

—Margarita vive con María, una amiga muy querida.

—Pues que se vengan las dos.

—Ya veremos, madre. No nos adelantemos a los hechos. Iremos poco a poco.

—Pero si no hay tiempo que perder. Ustedes deben llenar esta casa con risas y bullicio. Yo ya no tengo energía para encargarme de una casa tan grande. Además, quiero conocer a mis nietos antes de morir.

La Paz, Bolivia, febrero de 2008

Lo llamé cuando estaba en la sala de espera del hospital donde María llevó a Miguel. Mi llamada, pensé, sería como una consulta médica. Después de todo, él también estaría interesado en la salud de Miguel.

Quizá Juan Antonio se sentía confundido por tener a dos mujeres en su corazón y por eso no me había llamado. Todavía pensaba en Inés y, al mismo tiempo, se interesó en mí.

—Discúlpame por salir sin despedirme de ti. Mi mamá cayó enferma.

—¿Qué tal está?

—Mucho mejor. Está fuera de peligro.

Quería decirle que había esperado su llamada, que me sentía abandonada.

—Miguel se ha enfermado —le comuniqué de manera seca—. Estoy en la sala de espera del hospital, con Jaime en mis brazos.

El doctor interrogó a María con respecto al historial médico de Miguel para averiguar si la familia tenía herencia de asma. María le reveló su desconocimiento en cuanto a la familia biológica del niño.

El doctor anotó la información en su cuaderno y luego llenó una hoja de recomendaciones. Los inhaladores se los dio gratuitamente.

—Dime que no me llamaste sólo para contarme de Miguel —dijo Juan Antonio.

Juan Antonio tenía razón. No lo había llamado sólo para eso. La duda y la inseguridad me invadieron durante su viaje. Por las noches trataba de escribir pero mis intentos fracasaban porque no lograba concentrarme. Me preocupaba que él se hubiera olvidado de las promesas que me hizo. Me angustiaba que no me llamara. Creí que se sentía culpable por haber dejado a su madre sola mientras andaba en su búsqueda sentimental. Creí que yo no era tan importante para él como su propia madre.

O quizá el verdadero problema no era su madre, sino Inés. Tal vez Juan Antonio no estaba seguro de sus sentimientos. Era mejor si yo también trataba de olvidarlo, de no llamarlo, porque el amor no se puede exigir. Si él no me llamaba era porque no quería saber nada más de mí.

Me atormentaban un sinfín de preguntas: ¿por qué no lo llamaba para hablarle de lo que me preocupaba? ¿Por qué me lo guardaba todo para mí misma?

Finalmente lo llamé.

—No te llamé sólo para eso —le dije—. Siento como si lo nuestro es imposible.

—Depende de nosotros —dijo Juan Antonio.

—Sé que no has podido olvidar a Inés.

Él no podía negar esa realidad, pero también quería asegurarse de que yo supiera lo que sentía por mí.

—Tú me atraes mucho, desde el primer momento en que te vi. Mi cariño por Inés es más antiguo y profundo, y sin embargo creo que me estoy enamorando de nuevo.

Sabía que yo también lo encontraba atractivo, que había correspondido totalmente a sus besos y caricias. Pero no le prometía nada y no quise llamarlo sino hasta ese momento, con el pretexto de hablarle de Miguel.

Juan Antonio no podía mentirme. —A Inés la seguiré amando mientras viva —confesó.

Sentí que me habían tirado un balde de agua fría en la cara.

—Lo cual no quiere decir que mi corazón no tenga espacio para nadie más —agregó—. Las promesas que te hice son ciertas. Tengo la certeza de que puedo quererte tanto como quise a Inés y por eso no quiero volver a separarme de ti.

—Jaime está muy inquieto —le dije—, voy a tener que cortar.

Los comentarios de Juan Antonio me hicieron sentir incómoda. Quise tanto escuchar esas últimas palabras que, cuando por fin se cumplió mi deseo, ya no estaba segura de lo que quería.

***

El apartamento de doña Filomena se alegró con la presencia de Miguel y su hermano Jaime en el apartamento de al lado. Cuán feliz estaba la señora de que su anciano padre contara con dos vecinas con las que podía conversar y compartir las tareas cotidianas. Doña Filomena trajo a don Benjamín del pueblo en donde se dedicó a la agricultura por muchos años y ahora el anciano plantaba rosales en el pequeño patio del apartamento en la ciudad. Don Benjamín era para nosotras una compañía amena mientras silbaba podando las flores o nos contaba historias de su difunta esposa. Dos de sus hijos murieron al nacer y sólo doña Filomena, la hija menor, se había librado de tal suerte. Pero su hija nunca se casó ni le dio nietos, así que los hijos de María fueron bien recibidos por el solitario vecino.

María amamantaba a Jaimito preguntándose si su leche disminuiría estando embarazada. Todas esas dudas se las habría aclarado el doctor Ríos inmediatamente, pero en La Paz tenía que esperar muchos días para su cita en el hospital.

María esperaba un bebé de Cristóbal. El nuevo embarazo fue un resbalón en el camino, y sin embargo era muy tarde para arrepentirse de su proceder, para volver atrás y borrar lo sucedido. Se vio obligada a salir de San Martín y su vida cambió dramáticamente. Tendría un tercer hijo o hija de un hombre al que apenas conocía.

Aunque la ciudad de La Paz desplegaba una hermosa vista de luces y montañas en la distancia, María extrañaba el cielo de San Martín y el contacto directo con los animales y la naturaleza. Volvería algún día, se prometía, volvería en el momento apropiado y les demostraría a todos que podía salir adelante sin necesidad de la caridad ni el desprecio de sor Inés, la monja despiadada. María opinaba que Inés tenía que estar enferma, si no de la cabeza, del corazón, al haber regalado a su hijo sin nunca volver a preguntar por él. Para ella la llegada de Miguel fue una bendición porque él la ayudó a sanar la herida que le provocó la pérdida de su primer hijo. María adoraba al nuevo niño sin importarle que no fuera de su misma sangre.

***

Cristóbal obtuvo la dirección de nuestro apartamento y un fin de semana llegó deseando encontrar a María. La noticia del embarazo lo tomó por sorpresa. Se sentía culpable y avergonzado, y sin embargo quería que las cosas volvieran a ser como antes, a gozar de la amistad y el cariño de mi amiga. Los sentimientos que ella le provocaba eran algo nuevo y se preguntaba si estaría enamorado de verdad o si todo era una ilusión pasajera. Como María no se encontraba, Cristóbal habló con don Benjamín.

—Las señoras y los niños salieron temprano esta mañana —dijo éste último.

—Soy un amigo de la familia.

Don Benjamín sabía que María era nueva en el barrio, pero como el visitante le habló de San Martín, lo pasó adelante contándole de todos los pormenores acerca de la vida de la nueva familia en el apartamento vecino.

—María perdió a su hijo —le dijo.

Cristóbal movió la cabeza en señal de confusión.

—Eso… eso es terrible, ¿el grande o el pequeño?

—Ninguno de ellos, estaba embarazada de un tercero.

Cristóbal no tardó mucho en comprender la razón por la cual María abandonó San Martín.

—Esas cosas pasan —continuó el viejo—. Le diagnosticaron un embarazo ectópico, no quedaba otra alternativa. María enviudó muy joven, yo le digo que se puede volver a casar —agregó, aplastando la colilla de su cigarro con el zapato—, pero ¿qué lo trae por aquí?

Cristóbal no sabía qué responder y dudó por unos segundos.

—María es una amiga muy querida —contestó, titubeando—, quería saber cómo… cómo se encontraba.

Antes de responder más a fondo a la pregunta de don Benjamín, Cristóbal necesitaba ver a María. Con la noticia del embarazo y de la pérdida del niño, se sentía inestable, tenía miedo de que ella lo repudiara. ¿Qué derecho tenía de buscarla cuando ni siquiera se había enterado de su estado?

Cuando María regresó, se encontró con una pequeña carta de Cristóbal.

Querida María:

Me puedes llamar un traidor porque no tomé una pronta decisión en cuanto a nuestra relación. No estaba seguro de querer hacer un compromiso. Perdóname por haberme aprovechado de tu cariño y por ser un cobarde. La noticia de tu embarazo me habría hecho tomar una actitud diferente pero quizá fue mejor que no me dijeras nada. Ahora sé que, aunque nada nos ate, quiero verte de nuevo.

Siempre tu amigo,
Cristóbal

María terminó de leer la carta y luego se la guardó en el bolsillo de la falda. Lo del supuesto aborto era una jugada por parte de don

Benjamín, quien sospechó desde el primer momento la identidad del visitante. María preparó al viejo con respecto a lo que tenía que hacer dado caso Cristóbal se apareciera por la casa. Por lo visto a él no se le dificultó inventar su pequeño acto teatral; conocía lo obstinadas que eran las mujeres cuando se les metía algo en la cabeza y estaba convencido de que Cristóbal estaría mejor quedándose soltero. Don Benjamín había vivido cincuenta años con una mujer hipocondríaca. La susodicha se la pasaba quejándose de sus achaques noche y día mientras que Don Benjamín fumaba su cigarro en una butaca.

—¡Te vas a morir joven! —le decía—, ¡pareces una chimenea!

—Pero si estoy más sano que tú—, aseguraba él, cuyo placer era fumar después de la cena.

—Estoy aburrida de comer papa.

Y así empezaba la balada triste de doña Esperanza, su difunta esposa. Don Benjamín aprendió a ignorar sus quejas. La papa lo mantenía con fuerza para trabajar la tierra y no entendía cómo el fruto de su cosecha no podía satisfacer el hambre de su quisquillosa compañera de faena. Con la venta del tubérculo compraban harina de trigo, azúcar y café, ¿qué más necesitaba una mujer para subsistir? Si no estaba satisfecha con el trabajo del esposo, el problema no era de él, sino de ella.

Cristóbal le había parecido un buen tipo, pero si María prefería estar sola, enhorabuena.

***

Cada día que pasaba, María se convencía más de haber actuado egoístamente con no dejar que Cristóbal se enterara del embarazo. Salió de San Martín sin percatarse de lo mucho que extrañarían la cercanía a las montañas, los animales y respirar el humo de la leña.

—¿Cuándo regresaremos a San Martín? —dijo Miguel mientras se quitaba el saquito de lana.

—No te destapes, no quiero que te vayas a enfermar.

En La Paz las temperaturas eran más altas y Miguel se acaloraba fácilmente. Con todo, María insistía en que se abrigara para que no lo atacara el asma. Sus dos hijos lucían tan hermosos como siempre y el nuevo embarazo no le había cambiado el buen ánimo. Se amarró la abundante cabellera negra con un pañuelo de seda y abandonó las faldas largas y las medias gruesas. El vestido le caía sobre las rodillas y llevaba un suéter amarrado en la cintura para disimular el vientre protuberante.

María sintió el movimiento del niño, una pequeña hebra de lana que tejía un nuevo cuerpo, una vida inédita. Esa noche me recordó acerca del trato que hicimos de que yo me encargaría de los niños en caso de que ella faltara.

—No estoy molesta por lo que pasó entre Cristóbal y tú —le aseguré—. Nuestro pacto sigue en pie. Me haré cargo de tus niños en caso necesario, lo prometido es deuda.

Si algo llegaba a pasarle dando a luz, María confiaba en mí para velar por sus hijos. Lo arreglaría todo con un abogado.

***

Oscuro en la madrugada, una leve llovizna caía sobre el suelo del patio trasero del apartamento y María se levantó a lavar la ropa en la pila bajo un pequeño techo de lámina. No la podría poner a secar en el tendedero. Se sentó sobre una caja de madera y, escuchando el sonido de las gotas al caer, observaba el agua de la pileta que destellaba con el reflejo de la bombilla eléctrica. Se imaginaba que la pileta era la laguna de San Martín. Cuando María y su esposo pastoreaban las llamas también hacían paradas en las lagunas que se formaban cuando se derretía el hielo de las montañas.

Luego se desvanecía la imagen cristalina de la laguna para convertirse en la pileta de piedra del convento donde María lavaba la ropa para ganarse el sustento. Aunque el trabajo era pesado, ella lo realizaba con esmero. Miguel, siempre a su lado, le alegraba la existencia. Inés, por el contrario, era amable con todos, excepto con

María. María llegó a pedir trabajo poco después de la muerte de su esposo y, cuando descubrió que estaba embarazada de Jaimito, siguió trabajando durante todo el embarazo. A los pocos días de haber dado a luz, ya estaba de regreso en su empleo con el niño en la espalda.

María se prometía que cuidaría a su nuevo hijo y lo amaría tanto como a Jaime y a Miguel. Tenía el presentimiento de que sería otro varón y lo llamaría José María. La alegría que sintió por un corto tiempo al haberse enamorado de nuevo se fue convirtiendo en remordimiento por haberle sido infiel al recuerdo de su esposo. Hacía menos de dos años que había muerto Rubén, él era experto en vender las alfombras, los lazos y la ropa que fabricaban los hombres y mujeres de la cordillera occidental de Bolivia. Rubén hacía su trabajo con alegría porque sabía lo que quería. La vida del campo era más hermosa que la vida de la ciudad, de eso María estaba segura. El día que se fugaron hacia San Martín, Rubén le entregó un gorro y un poncho tejidos con lana verde, amarilla y roja, los colores de la bandera boliviana. Le dijo que el trabajo en las montañas era solitario, pero que él disfrutaba de esa forma de vida y quería seguir igual. Ella decidió ser su compañera en las buenas y en las malas.

Unos años después pasaron por el barrio del Señor del Gran Poder en La Paz, por la casa de la madre de María, pero el padrastro se negó a recibirlos. María se preguntaba por qué su madre se resignaba a vivir con él, un hombre que se jactaba de ser de una raza superior, pero que era incapaz de dar amor.

María permaneció un rato sentada en el patio con la mirada perdida en sus reflexiones. Dieron las seis de la mañana y sentía el delicioso frío del sereno en su cara. Apareció el gato Sol rozándose con las piernas de ella, reclamándole el desayuno. Se fueron los dos para la cocina a preparar el *api*, la bebida elaborada de harina de maíz amarillo y morado. María sacó una raja de canela del cajoncito de las especies y puso a calentar el agua en la estufa. Su vida fue agitada pero nunca le faltó el buen gusto por la comida.

CAPÍTULO 14

La Paz, Bolivia, marzo de 2008

—Quiero casarme con Margarita.

—¿Ya le pediste su consentimiento?

—No. Pero me atrevo a creer que no habrá problema —Juan Antonio había aterrizado en el aeropuerto de La Paz y se encontraba sentado en un restaurante platicando por teléfono con el doctor Ríos, quien quería saber cuándo regresaría.

—A veces las mujeres son más complicadas de lo que uno se imagina —dijo el doctor—, no te confíes.

—¿Used se ha enamorado alguna vez?

—Es lo que te repito, Juan Antonio. Las mujeres son más complicadas de lo que crees. Mis años de embrollos sentimentales quedaron atrás. Los pacientes me necesitan más que cualquier mujer, no podría abandonarlos.

—Esta misma noche le pediré que se case conmigo —dijo Juan Antonio, haciendo caso omiso de los comentarios desalentadores del doctor—, le compraré flores, le escribiré un poema y luego la invitaré a salir. Quiero que me diga que sí, que se ha enamorado como yo de ella —agregó, aunque la conversación con el doctor Ríos le sembró la duda.

Margarita

Flor del amor,
la pregunta no
es si me quieres
o no. Es que si
tu corazón
acelera su marcha
cuando estás
junto a mí.

¿Soy acaso la
abeja o el colibrí
que degusta
las mieles de tu
seno? ¿O un simple
gusano al que miras
con desdén?

Sería hasta mucho después que Juan Antonio compartiría sus poemas conmigo.

—¿Ya estás aquí? —le pregunté en el teléfono.

—¿No te da gusto?

No respondí.

—Quería darte la sorpresa. Pensé que podíamos aprovechar esta noche de viernes para pasarla juntos.

Abrí mi agenda y vi la larga lista de compras.

—El martes tengo un banquete importante en el hotel. Mañana haré todas las compras y comenzaré a preparar los postres y las sopas.

—Faltan cuatro días para el martes.

Me pregunté si debía sentir una pequeña dosis de remordimiento por no recibir a Juan Antonio con los brazos abiertos.

—Quizá tengas razón —dije, tratando de sonar convencida—, me caerá bien distraerme un poco.

Tuve un día largo de trabajo y no pude lavarme el cabello, lo cual me puso de mal humor. Me alarmó el pensar en lo desarreglada que estaba.

—Tengo el lugar perfecto para comer y bailar —dijo Juan Antonio.

—No tengo apetito —contesté—, sin embargo, la idea de bailar se me hizo buena, creyendo que el ejercicio me relajaría.

Juan Antonio tenía reservaciones para la cena y el hospedaje. Le emocionaba nuestro encuentro aunque había esperado una mejor acogida por parte mía.

—¿Dónde nos vemos? —le pregunté.

—Pasaré por ti a las siete.

—Tan pronto como apagué el teléfono, me puse a buscar el vestido negro y los zapatos de tacón. Me daría un baño y luego me vestiría. Estaba empezando a creer que me divertiría.

Ya en el restaurante, Juan Antonio pidió dos copas de vino. El lugar estaba tan concurrido y ruidoso que nos fue difícil entablar una buena conversación durante la comida. Bailamos después de comer y logré olvidarme del trabajo la mayor parte del tiempo. Cuando dieron las diez, le pedí que me llevara de regreso al apartamento. Tenía programadas todas mis actividades y una de ellas era irme a la cama antes de las once de la noche. Juan Antonio, quien tenía la intención de convencerme de quedarme con él más tiempo, me pidió que pasara un rato a su cuarto del hotel.

—Espérate para el domingo, entonces haremos todo lo que tú quieras —le rogué.

—No quiero esperar —dijo él, besándome en la boca—, por favor, no me digas que no.

A pesar de las súplicas de Juan Antonio, a los pocos minutos estábamos saliendo del restaurante hacia mi apartamento.

El sábado trabajé hasta tarde de la noche, era el día de más clientela en el restaurante. El domingo por la mañana visité a Juan

Antonio y lo encontré de un humor melancólico. Había visto a María y los niños, pero la mayor parte del fin de semana la pasó solitario.

—Quiero llevarte conmigo a Guatemala.

—¿Y eso?

Me refiero a que nos casemos y nos mudemos a casa de mi mamá. Allá no tendrás necesidad de trabajar, al menos no tantas horas.

—He trabajado toda mi vida.

—Necesitamos tiempo para los dos.

—Y piensas que debo dejar de trabajar.

—No dije eso. Pero se nos haría difícil pasar tiempo juntos con los horarios de un doctor y los de una chef combinados. Cuando estemos casados, me gustaría encontrarte en la casa cuando regrese del trabajo.

Me desagradó el comentario y se lo hice saber de inmediato. —Eso pasaba hace más de medio siglo cuando las mujeres se ponían zapatos de tacón y delantal para entrar a la cocina. Los tiempos han cambiado. Las mujeres también tenemos aspiraciones y metas, queremos tener éxito en lo que hacemos.

—¿Cuál es tu sueño en la vida? —me preguntó—. El mío es tener una familia y compartir con mi esposa y mis hijos.

No supe qué responder. Cualquiera que fuese mi sueño, no era dejar de escalar en mi profesión. La propuesta de casarme y tener hijos quizá me habría parecido buena en diferentes circunstancias, pero en esos momentos mi nuevo empleo demandaba tiempo y energía, y el sentido del deber me instigaba.

***

Había estado carente de afecto por muchos años, desde la muerte de mi padre, ¿entonces para qué privarme de aceptar la propuesta matrimonial de Juan Antonio, de sentirme querida y deseada? Tenía dudas tan grandes que me llevaron a formular excusas para acabar con la relación. ¿Qué tal si él no me daba espacio para ser yo misma? ¿Qué tal si yo le daba todo lo me exigía y después, al conocerme más a fondo, su interés se desvanecía y me abandonaba?

¿Debía corresponder a su afecto sin estar segura de que fuera la mejor decisión? ¿Podría dejarme llevar como la primera vez, como el día en que bailamos juntos como dos chiquillos en el pequeño café?

El hecho de tener que hacerme estas preguntas me molestaba. ¿Por qué dudaba? Había soñado con tener un romance y, cuando lo estaba viviendo, le tenía miedo a la realidad.

—¿Por qué no quieres irte con él para Guatemala? —me preguntó María, quien a esas alturas ya tenía la suficiente confianza para tutearme—. Oportunidades como ésta sólo se dan una vez en la vida.

—¿Y dejarte a ti y los niños? ¿Dejar mi nuevo trabajo?

—La esposa de un médico no necesita trabajar. Se pone a tejer el ajuar del bebé y a decorar la casa.

—Pero yo siempre he trabajado y pienso seguir haciéndolo inclusive si resulto embarazada. Me aburriría tremendamente metida todo el día en la casa.

—La idea de vivir en Guatemala no es del todo mala, ¿no te atrae estar cerca de Barbie?

—Barbie se las arregla perfectamente sin mí. Adora su nuevo trabajo y eso la mantiene muy motivada.

—Tú te mereces toda la felicidad del mundo con el hombre que amas. Dale lo que él te pide, si no lo haces, algún día te arrepentirás.

Las palabras de María parecían sensatas. No obstante, irme a Guatemala no me atraía. Me fui de mi país desde niña y dejé de extrañarlo desde mucho tiempo atrás. Había llegado a considerar los Estados Unidos como mi patria. Luego me mudé para Bolivia con la idea de hacer una nueva vida. Mi estadía en el convento fue corta y ya no tenía que depender de Inés. María y los niños me adoptaron como un nuevo miembro de la familia.

Necesitaba tiempo para pensar. Sabía que mi indecisión no le iba a agradar a Juan Antonio, pero no quedaba más remedio.

—No estoy preparada para dejar mi empleo ni para convertirme en ama de casa —le dije a María.

—El amor cambia la vida —contestó ella.

—¿Por qué soy yo la que tiene que cambiar? ¿Por qué no él? Si voy a cambiar mi vida, que sea únicamente para hacerla mejor. No soy mujer de casa ni quiero depender totalmente de un hombre. Nunca lo he hecho y no veo por qué lo tenga que hacer ahora.

—Cambiarás de opinión al tener hijos —insistió María—. Entonces vas a preferir quedarte en casa con ellos.

Pero yo no tenía hijos todavía y no conseguía dejar de sentirme indignada ante la petición de Juan Antonio de abandonar mi empleo.

San Martín, Bolivia, marzo de 2008

Estaba como de costumbre en la clínica de San Martín a donde se presentó un muchacho con el brazo dislocado. Juan Antonio llamó al hombre del pueblo que tenía el don de encajar huesos, se había encargado anteriormente de otros pacientes ahorrándoles los gastos del viaje a Oruro. Convencido de que su paciente estaba en buenas manos, salió para el comedor de la Casa de las Hermanas. La hermana Martina estaba sirviendo la comida, pero en esta ocasión Juan Antonio no tocó el plato y permaneció sentado en su asiento, con la cabeza apoyada en las palmas de sus manos.

—¿Cuál es el problema? —preguntó sor Martina.

No le respondió. Anidaba en su pecho un tumulto de emociones que lo tenían agobiado. Estaba destinado a terminar sus días solo, a no encariñarse con nadie porque, al final de cuentas, nadie permanecía a su lado. Volver a Guatemala tampoco lo reconfortaba. No quería regresar solo a casa de su madre.

—¿Tiene que ver con Margarita?

Juan Antonio salió del convento sin responder a las preguntas de sor Martina y sin probar un bocado.

Sor Martina se topó con él en el consultorio esa tarde. Además de tener los ojos enrojecidos, Juan Antonio parecía pensativo. Al ver a sor Martina, le comentó que volvería al comedor por la noche.

Regresó alrededor de las siete y treinta y tomó la sopa que sor Martina le sirvió; luego le agradeció por todas sus atenciones. Se levantó de la mesa, cogió su maletín para colgárselo en el brazo y se despidió de la novicia.

En la primera oportunidad que tuvo, sor Martina tomó el teléfono.

Yo contesté a la tercera llamada.

—Es la segunda vez que viene —me dijo.

—¿No le habló de mí?

—Ni una palabra. Creo que ha decidido ocultar que está molesto. Usted tiene que venir y hablar con él, para que se arreglen las cosas.

—Juan Antonio y yo ya no tenemos nada de qué hablar. No quiero irme de Bolivia ni vivir en casa de doña Elena. No me sentiría libre de manejar mi vida a mi antojo.

—Una mujer debe hacer lo que su esposo le manda. El doctor se asegurará de que usted tenga todo lo que necesita.

—Es lo mismo que le he repetido a María, me molesta la idea de tener que depender de alguien que no sea de mí misma. Me da miedo.

—¿Qué es lo que le da miedo?

—Perder mi libertad. Juan Antonio espera que yo lo siga a donde vaya. No me ha dado suficientes opciones aparte de irnos para Guatemala.

—Usted me ha dicho que la señora Elena es una buena mujer.

—No es que sea mala, sólo es que no quiero vivir en la misma casa que ella.

—¿Se lo hizo ver a Juan Antonio?

—Traté. Dijo que sería un arreglo temporal y que no debería de tener tanta importancia.

—Sor Inés tampoco quiso casarse con él, pero ella es una monja. ¿A usted no le entusiasma que un hombre le pida matrimonio, y no sólo un hombre cualquiera, sino el doctor Espinosa?

—Por mucho tiempo creí que me entusiasmaría, pero me he sorprendido a mí misma.

—¿Despreciándole la oferta?

CAPÍTULO 15

La Paz, Bolivia, abril de 2008

Un sábado por la mañana entré a la iglesia localizada en la misma calle del hotel. María había llevado a Miguel y a Jaime al zoológico y yo deseaba tener un poco de tiempo para relajarme y meditar.

—¿Quieres venir con nosotros? —preguntó María.

—Vamos a ver al jaguar —dijo Miguel, entusiasmado.

—Acuérdate de tomar muchas fotos —le pedí mientras María lo tomaba de la mano para cruzar la calle.

Fue después de despedirme de María y los niños que entré al templo religioso. Me senté en una banca y cerré los ojos, dispuesta a pronunciar una plegaria.

Le oculté una cosa a María. Mi estadía en La Paz ya no sería permanente. Todavía no sabía a dónde iría. Después de unos minutos me levanté de la banca y salí de la iglesia. A pesar del sol de la mañana, el viento me golpeó la cara con dedos congelados. Titiritaba mientras bebía sorbos de café. En otras circunstancias, me habría puesto los pantalones del uniforme y la bata blanca, me habría recogido el cabello para entrar a la cocina. Pero esta mañana no.

Mauricio Padilla había empezado a comprar flores para decorar el restaurante, esperando agradarme. Al principio salía con otras empleadas del hotel, pero después me había invitado a salir a mí. Yo me negué en más de una ocasión con la excusa de tener que cuidar a mis sobrinos.

Durante la última fiesta en el hotel, después de la cena y el vino, Padilla anunció públicamente que les estaría dando una promoción a varios de sus empleados. Además de supervisar la cocina, yo también lo apoyaría en la contratación y coordinación de cocineros. Estaba sorprendida y agradecida. Las bebidas embriagantes servidas por montones y el ambiente festivo me provocaron una euforia que no había experimentado jamás en la vida.

Me reí como nunca, ya fuera por el efecto del alcohol o por la promoción. Padilla tuvo el cuidado de ocultarme que, cuando me contrató como chef del restaurante, no lo hizo por mi currículum impresionante, sino porque el restaurantero siempre había tenido debilidad por las mujeres. Aunque el salario que me ofreció de entrada no era deslumbrante, había prometido incrementármelo tan pronto como pasara el período de prueba.

Durante la celebración, Padilla no sólo me otorgó la promoción sino que se aprovechó del espíritu de fiesta para darme a conocer sus verdaderas intenciones. En los días consecutivos me aborrecí por haber sido tan ingenua. Tratando de encontrar las palabras correctas, le expliqué que no deseaba establecer una relación de pareja y, como era de esperarse, mi rechazo hizo que Padilla cambiara su actitud de benefactor y empezara a encontrarle defectos a mi trabajo. A las pocas semanas me llamó a su despacho para darme el tiro de gracia.

—No puede hacerme esto. ¿Acaso no está conforme con la calidad de mi trabajo?

—Ese es el problema, tu trabajo es demasiado bueno. Lo que no puedo es darme el lujo de pagarte lo que te había prometido, he tratado de acomodar nuestro presupuesto y me ha sido imposible.

—Estoy dispuesta a trabajar horas extras atendiendo las mesas. Hablo el inglés a la perfección, trabajaré todos los fines de semana —le ofrecí, deseando conservar mi empleo.

—No me estás entendiendo —dijo Padilla—, tengo meseras de

sobra. No es que me desagrades ni que te quiera dejar en la calle. Te contraté porque estaba seguro de que serías eficiente, pero a mis clientes no les importa si los ingredientes que utilizas son orgánicos, o si los platos están decorados a la última moda. Voy a darte una carta de recomendación y —Padilla continuó hablando, pero me quedé sin escuchar el final de su discurso.

Colocarme en otro lugar me llevaría meses y lo que me daban del seguro social no me alcanzaría para pagar la renta. No podía esperar que María se encargara del resto de los gastos.

—Vamos, mujer, estás joven y llena de vida. Podrías perfectamente conseguirte un buen partido y dejar de trabajar —agregó Padilla con un tono sarcástico—. Con toda el alma te dejaría que te quedaras, pero estoy seguro de que serías desdichada. Tendrías que amoldarte a ciertas normas, trabajar con un presupuesto limitado. Sería injusto truncar tu carrera de esa manera. Y bajarte de rango, eso ni pensarlo.

***

No logré contener las lágrimas. Me había quedado sin empleo, el empleo por el cual había rechazado la propuesta de matrimonio de Juan Antonio. Era demasiado tarde para que le dijera que me iba con él a Guatemala, que todavía lo amaba. El problema era que no sabía si lo amaba en realidad. Juan Antonio probablemente me pediría tener un hijo y no era eso lo único que me aterraba, me preguntaba si quería ser madre y esposa. ¿Me acostumbraría a depender de un hombre, criar hijos y cambiar mi estilo de vida de la noche a la mañana?

A pesar de que Juan Antonio me había interesado como hombre, no estaba dispuesta a consentirlo en todos sus deseos. Habíamos pasado momentos agradables con una fuerte atracción entre ambos, pero había preferido quedarme sola porque le temía al matrimonio y al compromiso. Estaba resuelta a permanecer soltera y conservar mi libertad.

"No me puedo echar la culpa por no tratar. Di lo mejor de mí", pensé, "y todavía así me despidieron".

Estaba recostada en mi cama con Sol echado en la silla de al lado. Extendí la mano para acariciarle el lomo. El gato me ronroneó como diciendo: "todavía me tienes a mí".

No había querido contarle a María lo sucedido, mi amiga ya tenía suficientes problemas. Creía saber la verdadera razón por la cual Padilla me había despedido. No podía ser solamente porque fuera "mano de obra cara". De haberme considerado una empleada indispensable, no me habría despedido tan fácilmente. Pero había hecho todo lo posible por mejorar los menús y asegurarme de que la comida se preparara de la manera más adecuada, trabajé horas extras en múltiples ocasiones. Me quedé sin empleo a pesar de haber demostrado liderazgo en todo momento. Sin embargo, salir de San Martín fue un riesgo que me atreví a tomar y del cual no me arrepentía; cada desvío en el camino me había servido para aprender algo nuevo y seguiría luchando por encontrar mi destino.

***

María tomó un trabajo de empleada doméstica y se encontraba doblando la ropa lavada cuando sonó su teléfono.

—¿Por qué no me respondes?

Era Cristóbal. Se quedó como muda porque la primera frase que le vino a la mente fue "te he estado mintiendo".

Por un momento se arrepintió de haber contestado el teléfono. Le daba pena revelar su estado.

—¿No quieres hablar conmigo?

—No había querido decírtelo. Ni siquiera Miguel lo sabe.

—¿Saber qué?

—Todavía estoy embarazada.

María hablaba con la voz entrecortada.

Cristóbal se quedó callado.

—¿Escuchaste lo que dije? Te he estado mintiendo.

—¿Por qué no querías que lo supiera? No perdías nada con decirme la verdad.

—Quería que te alejaras de mí.

—¿No crees que tus hijos tienen derecho de tener un padre?

—Yo tuve un padrastro que me dio rigor y nunca amor. Pensé que me querrías sólo a mí, pero no a mis hijos.

—No todos los padrastros son malos. Me molesta que me compares con tu padrastro.

—También creí que te avergonzarías de mí por ser la lavandera del convento. No podía pretender que te casaras conmigo, por eso salí huyendo, por eso no te dije lo del niño.

—Te he buscado por todas partes. Don Benjamín no supo decirme dónde estabas.

—Vi un anuncio en el periódico y me dieron este empleo. Pero ya no lo quiero —las lágrimas se le salieron.

—¿Te han tratado mal? —por un momento Cristóbal sintió deseos de darle un puñetazo a quien quiera que tratase mal a María o a los niños.

—Para nada. La dueña nos ha dado comida y un cuarto para dormir, pero nos hemos sentido como extraños. Nada es igual sin Margarita y don Benjamín. Nos salimos del apartamento sin decirles nada. Miguel está triste porque dejó al gato.

—María —dijo Cristóbal, con un tono persuasivo—. Yo mismo puedo ir por ustedes esta tarde. Voy a traerlos de vuelta a San Martín.

—Margarita perdió su empleo.

—Lo sé. Me lo dijo don Benjamín.

—No tengo dinero —dijo María, sintiendo que la voz se le ahogaba nuevamente. Lo único que Cristóbal pudo escuchar fueron sus sollozos.

—Ya te dije que estoy dispuesto a llegar en cuanto me lo pidas. Dejo a Lorenzo en la carnicería y me voy a traerte. De ahora en adelante me encargaré de ti y de los niños.

—Margarita también me aconsejó volver a San Martín, pero no

quería que me diera dinero para el viaje, quería ganármelo yo sola. El trato que hicimos es que se encargue de mis hijos si yo me muero, no si todavía puedo trabajar y valerme por mí misma.

—Se te olvida que estás embarazada. ¿Qué vas a hacer cuando nazca el niño?

—Pues seguir trabajando, como hice cuando mi esposo murió.

—Tienes que hablar con la dueña esta misma noche. Debes volver a tu casa. De la comida no te preocupes, puedes llevarte toda la carne que quieras de la carnicería. Y después de un tiempo, nos casaremos.

—Creo que es una locura casarte conmigo. Tienes un buen negocio, puedes escoger a una mujer sin hijos.

—Tengo un buen negocio y te puedo mantener. Dios te puso en mi camino para que fuéramos felices, con niños y todo.

Las lágrimas le rodaban por montones. María sabía que no podía ir en contra de su corazón.

***

Era de mañana y Jaime jugaba con su camioncito de hule, regalo de don Benjamín; lo llevaba a todas partes y María lo limpiaba a menudo porque el niño se lo metía a la boca. Miguel correteaba entre los rosales persiguiendo a Sol. María y los niños estaban a punto de abandonar la ciudad de La Paz.

—Margarita también se irá para San Martín —dijo María—, tendrá que decidir si tomará un nuevo trabajo en la Casa de las Hermanas, Inés le pidió que lo hiciera.

—El carro ya está cargado —dijo Cristóbal—, te llevaré a tu casa si lo deseas, aunque prefiero que te mudes a la mía.

Cristóbal no se sentía cohibido frente a María. Hablaba con naturalidad y sinceridad.

—¿No te importa lo que diga la gente, que te has interesado en una mujer con hijos? ¿Ya se lo dijiste a tu mamá, que me quieres llevar a tu casa?

María temía que la madre de Cristóbal se opusiera.

—Mi mamá lo sabe todo.

—¿Sabe que tengo dos hijos?

—Quiere que todos los niños la llamen abuela.

María vio dentro de los ojos de Cristóbal. Desde pequeña había tenido el don de leer las intenciones de la gente con sólo examinarles la mirada. Sin embargo, había algo que le preocupaba: aunque las intenciones de Cristóbal eran buenas, quizá no comprendía lo que significaría hacerla su mujer. Ella tampoco se habría dado cuenta de ello de no ser porque en otro momento de su vida se había casado con Rubén. Él la había llevado a vivir a San Martín cuando apenas tenía dieciocho años. Sus papás nunca la perdonaron, no sólo por no haber terminado sus estudios, sino también porque no podían entender cómo ella podía amar a un hombre que, de acuerdo con ellos, no sabía nada más que vivir en el campo. Rubén le construyó una casa y María no había quedado embarazada sino hasta cuatro años más tarde.

María adoptó a Miguel después de haber perdido a su primer hijo. Miguel necesitaba una madre y María estaba convencida de que Dios la había llevado a San Martín por esa razón. Pero el mismo Dios que le había dado alegrías también le había quitado a su esposo por razones que ella no podía entender. Su desventura la condujo a trabajar en el convento.

—¡Mamá, mamá, ven a ver a Sol, está subido en el árbol de durazno! —gritó Miguel en ese preciso momento. María le explicó que estaba ocupada, que Sol se las arreglaría para bajarse solo.

Cristóbal le estrechó la mano queriendo decirle algo, pero María habló primero. El carro seguía esperando en la calle.

—No será fácil hacerme tu mujer. Corremos el riesgo de que tu familia me rechace.

—No conoces a mi madre.

Miguel entró a la sala.

—¡Mamá, mamá, Jaime se está espinando con los rosales!

—Voy a extrañar a mis pequeños ayudantes —dijo don Benjamín, alzando a Jaimito hacia el cielo.

—Mi mamá no pudo poner la ropa en la lavadora —dijo Miguel. Quería lavarla en la pila. Tampoco quiso usar los guantes para lavar los trastos.

—Parece que Miguel tiene muchas cosas que contarme —dijo don Benjamín—. Si hubiera sabido que vendrían, habría preparado mi famoso chuño con huevo.

—No se preocupe, los niños ya desayunaron —dijo María.

María empujó el carruaje de Jaimito hacia la calle. Cristóbal le había propuesto matrimonio y sus ojos cafés brillaron al tenerla frente a él. Los dos caminaron hacia el carro. Don Benjamín y Miguel salieron detrás de ellos. Llevaban a Sol metido en una jaula. María nunca se olvidaría de la hospitalidad de don Benjamín.

San Martín, Bolivia, abril de 2008

María y los niños estaban de vuelta en su casa de San Martín.

—¿Cómo es la casa de Cristóbal? —preguntó Miguel.

—Tengo tantas preguntas como tú.

—¿Por qué tenemos que mudarnos otra vez?

—Voy a casarme para que tengas un nuevo hermanito —dijo María, sabiendo que el orden de los factores no alteraba el resultado—, y el corazón me dice que, sin importar donde vivamos, vamos a estar bien, siempre y cuando estemos juntos.

—¿Le va a gustar a Sol vivir en San Martín? ¿No se va a perder en la calle?

—Lo dudo bastante. Es un pueblo pequeño. Si no me perdí yo cuando recién llegué, mucho menos se perderá él.

Asegurado de que todo estaba bajo control y de que podría jugar con el gato Sol una vez se hiciera de día, el niño se quedó dormido en los brazos de la madre que velaba por él sin cesar. Jaimito también dormía y ella puso a Miguel junto a su hermano en la cama.

Estaba cansada y se recostó en la orilla del colchón envolviendo a los dos niños como una gallina envuelve a sus polluelos. El hijo que vendría sería también una bendición del cielo, un ángel y un consuelo.

Jaimito permanecía tranquilo al lado de Miguel. Era tan distinto a su hermano, quien siempre había luchado con el sueño. Miguel se iba a la cama hablando incansablemente y a regañadientes. Luego se despertaba tan pronto como salía el sol de la mañana. Había sido un niño sano y activo, por lo cual María estaba agradecida. Lo del asma era reciente y los inhaladores fueron lo primero que María metió en su bolsa antes del viaje.

CAPÍTULO 16

San Martín, Bolivia, abril de 2008

—¿Podrá ser la altura la que le está molestando?

—Es poco probable. Inés está acostumbrada a la altura. Insisto en que se haga los análisis. Soy el médico de guardia esta semana, así que tendrás que llevarla tú.

Juan Antonio estaba dispuesto a hacer lo que fuera necesario para ayudar a Inés, a quien acompañaría para hacerse el examen médico. Le preocupaba que, en tan poco tiempo de no verla, Inés parecía el retrato de una lánguida monja de la época barroca, carente de sol y de color, una preciada pero frágil imagen de porcelana. Aunque Juan Antonio ya no la amaba con la misma pasión de antes, ella había sido su primer amor, un amor caprichoso e idealista.

Inés había sabido ocultar sus sentimientos. Había luchado contra ese cariño día tras día de la misma forma en que luchó contra el cariño hacia su propio hijo.

—No quiero que me tengas lástima —dijo Inés.

—Te ayudo porque me importas.

—Has venido porque Enrique te lo pidió.

—Lo habría hecho sin que nadie me lo pidiera. Tanto él como tú saben que siempre te amé. No le escondí nada a nadie.

Las palabras de Juan Antonio la hirieron. Lo amó en todo momento y había tenido que ocultárselo. Ahora era demasiado tarde para confesiones. El corazón de Juan Antonio le pertenecía a otra mujer de la misma forma en que el amor de Miguel le pertenecía a María. Inés se preguntaba cómo dos mujeres podían ser tan afortunadas a la vez.

A pesar de todo, Inés sabía que Juan Antonio quería ayudarla y que siempre podría contar con su apoyo. Conocía el corazón del médico y del amigo. Él estaría dispuesto a tenderle la mano y a no separarse de su lado mientras ella lo necesitara.

Juan Antonio no tenía tiempo que perder: debía llevar a Inés a La Paz como lo había mandado el doctor Ríos.

—Pasaré por ti a las seis de la mañana.

Inés asintió con la cabeza. La salud y el estado de ánimo de la monja seguían desmejorando considerablemente. Era obvio, según su punto de vista, que Dios la estaba castigando por haber abandonado a su hijo. Ese tormento la debilitaba hasta el punto de quitarle el deseo de vivir. Estaba lista para su viaje a la eternidad, Dios la perdonaría porque había hecho lo que su fe le había dictado. Por muchos años había cuidado de la Casa de las Hermanas de San Martín y servido a los necesitados; era tiempo de que nombraran a otra monja para tomar su lugar.

Los resultados de los análisis revelaban lo que nadie sospechaba, la noticia de un cáncer avanzado. Los tumores estaban a punto de bloquearle un pulmón y los médicos le recomendaban una cirugía. Juan Antonio tenía planeado estar todo el tiempo que fuera necesario junto a ella.

***

—Me reconforta tu compañía —dijo Inés.

Era tarde en la noche y Juan Antonio le revisó el pulso y la presión. Luego se sentó a su lado para poder conversar.

—En ocasiones me preocupó la muerte y me absorbió la tristeza de haber perdido a mi padre. Ahora veo la vida de una manera distinta, como un regalo que no dura para siempre. Tarde o temprano todos moriremos, nuestro cuerpo es de polvo y al polvo volverá, es la ley de la vida. El pasado será como un sueño. El futuro no lo sabemos.

—El presente es nuestra única realidad, —dijo Juan Antonio—, del futuro solamente se puede hablar y filosofar, pero en el presente podemos conversar y estar juntos, como en este momento —esta vez no se abstuvo de tomarle la mano para estrechársela por unos instantes. Ella se había abierto en cuanto a la incertidumbre que guardaba dentro de su corazón.

—Solía creer que vería a mi padre en el cielo. Ahora no puedo estar segura de que haya un cielo o un infierno. Y si los hay, el miedo a ser castigada ya no me domina. Creo que tenemos un espíritu encerrado en este cuerpo y que, una vez que el cuerpo muera, se liberará de su prisión. El cielo es el lugar donde los sueños se hacen realidad.

—Es la primera vez que me hablas de tus sueños, y del cielo —dijo Juan Antonio—. Admiraba la valentía y honestidad con la que hablaba Inés. —¿Crees que la muerte sea buena? —le preguntó.

—De acuerdo con el sabio Salomón, el día de la muerte es mejor que el del nacimiento. Si la eternidad existe, tiene que ser preferible a esta vida.

—Entonces, ¿por qué nos aferramos a la vida?

—Tenemos tareas y proyectos inconclusos. Nos preguntamos si alguien apreciará lo que hemos construido con tanto ahínco.

—¿Por qué te diste por vencida?

—Mis sueños se convirtieron en pesadillas, me consumieron los remordimientos. Deseo empezar de nuevo. Ver a mi padre.

—¿Cuáles remordimientos?

Inés guardó silencio. No se arrepentía de haber amado ni de haber sufrido, tampoco se arrepentía de haber dedicado su vida al convento. Cerró los ojos y le vino un poema a la mente.

La vida es un río

La vida es un río
en un cañón profundo.
Las sequías lo
menguan
las lluvias lo desbordan
arrasa con árboles
aves
peces
acarrea rocas, algas
troncos, arena
y sale al mar.

La vida es una barca
flotando
día tras día
minuto tras minuto
río abajo
mientras duermo
cuando duermo
sueño que me caigo
sueño que me hundo
sueño que me salvo.

La vida es una vertiente
que da a luz
que cría
que educa
otorga la fiebre
la cura
el castigo
la absolución.

De su lecho beben
venados
garzas
su cauce arrulla
sacude
nutre, aflige
quita, da.

La vida es una cordillera larga
silenciosa
una puesta de sol
en tonos rosa
serena.
Es un trueno
calcinante
un relámpago
tornado nocturno.

La vida es la semilla
del árbol padre
árbol hijo
una alondra
triste
feliz.

La vida es un amanecer
un ocaso
luna
sol naciente
estrella fugaz
la vida.

Entró al pequeño taller de artesanías donde entabló conversación con una mujer que fabricaba velas con mucha habilidad. La mujer, quizá de unos cincuenta, le preguntó si era oriunda de la Antigua Guatemala.

—Nací en la capital, pero me marché para los Estados Unidos desde niña. Tengo poco de haber regresado a Guatemala. Mi tía tenía una cerería…

—¡Barbie! —exclamó la mujer.

—¿Cómo sabe mi nombre?

—Soy Cristina, tu prima.

Tenía menos de ocho años la última vez que había visto a Cristina y quizá nunca la habría reconocido, pero después de hablar con ella notó que tenía ciertos rasgos de la tía Catalina.

—Nuestra tienda original estaba en la terminal de autobuses de la capital, pero el negocio fracasó —le explicó su prima—. Cuando tu papá murió, teníamos dificultades económicas y por eso Mirella optó por mandarlas a Los Ángeles. Mi mamá no tenía los medios para hacerse cargo de ti y Margarita.

Barbie conocía la historia. La tía Catalina se la había relatado en más de una ocasión.

—¿Qué pasó con tía Marcela? —preguntó Barbie.

—Falleció hace cinco años. Mi papá murió poco después.

—Parece que somos una familia de huérfanas.

—Las tradiciones no mueren. Mi esposo y yo dejamos la ciudad capital para seguir con la tradición familiar. Yo fabrico las velas y él se encarga de venderlas en el mercado. Pero cuéntame, ¿qué tal está Margarita?

—Vive en Bolivia. Se mudó por motivos de trabajo.

—¿Y tú en qué trabajas?

—Doy clases de inglés.

—Ha de ser bonito saber hablar inglés. Yo, en cambio, soy como el "fidalgo en Portugal" que llegué a vieja y hablo mal, no el portugués sino el español.

Barbie no pudo contener la risa.

—Nicolás Fernández de Moratín. Si lo leíste quiere decir que te gusta la literatura española. Y no te creas que mi español es tan bueno, he tenido que estudiar las reglas gramaticales para poder darle clases a un extranjero.

—Me alegro de haberte encontrado. Nuestra casa está en Santa María de Jesús. Es sencilla pero siempre serás bienvenida cuando desees visitarnos.

El pueblito de Santa María de Jesús estaba en las faldas del volcán de Agua, que había permanecido inactivo por varios siglos. Por el contrario, a pocos kilómetros de distancia, el volcán de Fuego hacía honor a su nombre. Aparte de tener que convivir con los esporádicos temblores y la arena volcánica que el volcán de Fuego hacía volar por kilómetros a la redonda, la gente aprendió a vivir con sus gigantescos vecinos. Tanto en el pasado como en el presente, muchos rogaban a sus santos por protección. Los más incrédulos sostenían que el día de la muerte les llegaría tarde o temprano, ya fuera que vivieran cerca o lejos de las fallas tectónicas.

***

Mientras Barbie platicaba con Cristina, Ramiro y Brandan caminaban por el parque central de la Antigua Guatemala hablando como viejos amigos.

—Quería irme a los Estados Unidos —dijo Ramiro—, hasta que Barbie me hizo ver que no hay nada como vivir cerca de la familia. Creo que ha sido un buen consejo.

—Ha sido la mejor maestra de español que he tenido —dijo Brandan, quien ahora hablaba un castellano casi perfecto.

—Tiene una forma de ser muy bonita.

—¿Estás enamorado de ella? —preguntó Brandan.

Barbie era mayor que Ramiro, pero aparentaba menos edad por su jovialidad y entusiasmo por la vida.

—Pensé enamorarla en un principio, cuando tenía metida la idea de irme para los Estados. Pero después me di cuenta de que sólo arruinaría una buena amistad.

***

San Martín, Bolivia, mayo de 2008

Mi vida cambiaría de nuevo después de la trágica noticia de la enfermedad de mi hermana.

Aunque parecía dormir, Inés abrió los ojos al escuchar la voz del doctor Ríos. Yo también me encontraba a su lado.

—Gracias por venir —dijo Inés, con voz cansada y afónica—, necesito hablarte a solas, es un asunto importante.

En ese momento el doctor Ríos salió del cuarto, cerrando la puerta detrás de él.

Me senté junto a la cama de Inés.

—¿Cómo te sientes? —le pregunté.

—Estoy mal —respondió, hablando con cierta urgencia—. Me queda poco tiempo.

—Me dijeron que querías verme.

—Te necesito en este período de transición. Quiero que tú —titubeó por un momento—, quiero que me ayudes.

Me agradó que Inés confiara en mí. Tenía conocimiento del funcionamiento de la Casa de las Hermanas y, viniendo de afuera, podía opinar con imparcialidad.

—Antes de que la diócesis tome la resolución en cuanto a la nueva madre superiora, te pido que dirijas a las hermanas para que escojan a una interina entre ellas —su voz temblorosa parecía ahogarse por momentos, pero luego cobraba vigor—. No debes rehusarte a hacer esta tarea. Me preocupa que venga una extraña, alguien que no entienda el trabajo que realizamos, alguien que acabe con nuestra orden.

Inés rezaba porque la monja que la reemplazara tuviera una visión amplia en cuanto al manejo y la calidad de la atención de los huéspedes en la Casa de las Hermanas. Por muchos años ella la había operado sin problema, con su eterna energía y fuerza de voluntad. Supuso erróneamente que el vigor nunca se le agotaría. Ahora sólo le quedaba sacar fuerzas de flaqueza.

¿Por qué no aprovechó la vitalidad y disponibilidad de las novicias, años menores que ella? Ellas tomarían la muerte de Inés sin sentimentalismos e impulsarían a la nueva madre superiora a seguir adelante en la tarea de socorrer a los necesitados, que era la misión principal del Convento de San Martín.

—Gracias por confiar en mí —le dije.

—Harás un buen trabajo —continuó Inés—. No faltará quien te tienda la mano porque la tarea no será para tu propio beneficio, sino para el forastero y el extranjero —la voz de Inés seguía cobrando vigor. —No estarás sola. Dios te acompañará y enviará sus ángeles para apoyarte. Sólo tienes que rezar y darte tu lugar. Yo misma he rezado y he indagado al cielo. La respuesta ha sido siempre la misma: tú eres la mujer indicada.

—¿Por qué fue que nunca me trataste como a una hermana? —me atreví a preguntar.

Inés hizo una confesión.

—Llegaste sin que nadie te esperara, una extraña con el valor de decirme mis defectos en la cara. Tuve celos de ti, no sólo por tu determinación, sino por tu amistad con María.

—¿Cómo pudiste tener celos de una mujer como yo, no apta para el noviciado y sin ningún título universitario?

—En lo personal, la universidad no me sirvió de nada. En mi tiempo a los universitarios se nos tildaba de subversivos. Lo más importante en la vida me lo enseñó la experiencia; este lugar no morirá conmigo porque las hermanas lo sacarán adelante.

—Las hermanas no confiarán en mí tanto como confían en ti. ¿Cómo lograré que me escuchen?

—Tendrás el apoyo de Dios y de tu ángel.

—¿Cuál ángel?

—El tuyo y el de todas las hermanas del Convento San Martín, el ángel que cuida este recinto.

¿Cómo pude haberlo olvidado? Lo reconocí inmediatamente al llegar a San Martín, el ángel del que mi padre me habló en un sueño. Inés tenía razón con respecto al ángel, pero tenía que estar equivocada en otra cosa. No moriría. Sólo necesitaba una razón para seguir viviendo.

—Hoy es el cumpleaños de Miguel —le dije, porque al pensar en el ángel me recordé de él.

Inés estaba sola el día en que su hijo nació. Creía que se iría con este secreto a la tumba, pero ahora, en su lecho de enferma, hablaría de ello conmigo.

—Lo recuerdo bien —confesó—. El gozo inmenso y al mismo tiempo el gran dolor, como el que siento hoy. Me avergüenzo de mi proceder, pero no se puede cambiar el pasado. De lo que más me arrepiento es de haberlo abandonado.

—Le diste el don de la vida.

—Siempre sufrí la pena de haberlo regalado. Traté de esconder el remordimiento, de enterrarlo y borrarlo. Dios sabe que me fue imposible.

—No te martirices con eso ahora. No eres la única madre soltera en el mundo, ni la única que ha cometido errores.

—El desamor no es un error. El desamor es cobardía.

—El único pecado imperdonable es aquél del que uno no se arrepiente.

—Sabía que Dios me perdonaría, pero eso no hizo que mi pena fuera menos severa. Viví tantos años engañándome a mí misma y tratando de justificarme. Ahora es tiempo de hablar la verdad.

—Tu tiempo no ha llegado. Sólo debes abrir tu corazón. Yo te daré la mano y te escucharé sin juzgarte.

—Son mis pulmones —continuó Inés—, ya no podré luchar. Mi tiempo se ha cumplido.

— Te curarás. Lucharemos juntas. Te llevaremos al hospital y te operarán.

—Es una operación de alto riesgo. No sobreviviría tal cosa. Pero la muerte no es el fin, sino el principio. Es hora de un nuevo comienzo y de que me reúna con mi padre.

—Él ha estado con nosotras y nos ha cuidado siempre. ¿Por qué quieres irte ahora? —una lágrima comenzó a rodar por mi mejilla.

—Mi cuerpo está cansado y mi alma añora la libertad de volar ligera hasta la fuente de luz infinita. Este es mi mayor deseo.

—No puedes irte todavía —le rogué, pero mis ruegos no bastaron para convencer a Inés de lo contrario.

***

La novela de su vida estaba plasmada en las cartas escondidas en su recámara. Desde su lecho de enferma Inés avanzaba hacia la cortina de la muerte con el furor del viento. La caja de música sobre la mesa de noche, cual fruta de un sueño, esperaba silenciosa. Sus zapatos, gastados de tanto tocar caminos, ya no volverían a tropezar con locura. El dilema de su existencia había sido este: tener que vivir en una jaula sin voces. Sería el último día en que escucharía los pájaros del Convento de las Hermanas de San Martín, el último día en que se preguntaría si las almas atraviesan montañas. Su cuerpo se enjutaba poco a poco para acabar como ardiente hoja seca en la chimenea. La noche rompía el secreto que le atizaba la sangre. Con la boca abierta, el movimiento de su lengua era lento para hablar.

Sor Martina y las otras hermanas permanecieron como lluvia oportuna para acompañarla en sus últimos días. El estilete sin punta de la culpa, aunado al concierto contagioso de trinos turbios, rompían el silencio del cuarto oscuro. En el espacio que le quedaba de conciencia, Inés imploraba empezar de nuevo.

En el altar permanecían la imagen del Cristo crucificado, el agua bendita, dos velas encendidas y una cruz pequeña para la enferma. Cuando el fin se acercó, el padre Muñoz leyó la recomendación del alma en el Breviario y las hermanas recitaron una oración del oficio de difuntos.

Hasta que el alma de Inés se soltó de la carne.

Las hermanas la vistieron con un ropaje blanco, cubriéndole la cabeza y dejando el rostro y las manos al descubierto. No dejó a la vista más que un poema y la pequeña caja de música para Miguel, el hijo que regaló al nacer. A la iglesia se dirigían todas las personas del pueblo, precedidos por las novicias y un grupo de hombres, entre ellos el padre Muñoz, Juan Antonio, Cristóbal y el doctor Ríos, cargando el ataúd de Inés. La enterraron en el camposanto de San Martín, junto a la hermana Consuelo.

Sor Martina y todas las monjas del convento iban vestidas de negro, con sus cruces en las manos. La campana de la iglesia sonaba su canto de despedida.

Barbie se encontraba en ese momento de rodillas en la Iglesia de La Merced en la Antigua Guatemala recitando el Salmo XXIII y encendiendo una vela por el alma de su hermana Inés, la monja del Convento de San Martín.

El Señor es mi pastor,
  nada me faltará.
En lugares de verdes pastos me hace descansar;
  junto a aguas de reposo me conduce…

Volarás

Volarás cuando
caiga la última hoja
del árbol. Habitarás la montaña
cual gota de agua y granizo del campo.
¿Quién dijo que el viento frío
no era tu amigo?
Amarás al hielo tanto
como al sol.
Despertarás de tu sueño sin temor,
cansancio, sed ni dolor.
Cantarás la nota del gorrión;
bailarás al ritmo de los pájaros
en una nube gris. Por el agua
cristalizada te deslizarás
de la montaña, gritando,
tu voz cayendo en cazuela
de hojalata cual ruidosa cascada.

Cuando caiga la última hoja
te desprenderás de tu tronco,
pieza perfecta de mosaico.
Serás agua, serás
lodo. Serás fuego, serás todo. Serás
sangre y savia, arena y montaña.
Serás bullicio y silencio, risas y lágrimas.
Serás amiga y hermana,
hija y madre.
Amante y esposa, vieja y joven.
Monja.
Serás todo de nuevo.

CAPÍTULO 17

San Martín, Bolivia, junio de 2008

Querido diario:

Cuando era niña me gustaba examinar objetos hasta satisfacer mi curiosidad. Barbie jugaba con muñecas mientras yo vaciaba gavetas, cajas y roperos buscando cosas que me llamaran la atención: monedas extranjeras, anillos, aretes, botes de perfume, corbatas, zapatos de tacón, vestidos largos, cepillos de pelo, peines, maquillaje, tenazas para rizar el cabello, linternas, libros, fotos, plumas. Lo husmeaba todo, lo probaba todo.

Los objetos más codiciados de mi infancia fueron el volteador de pestañas, los polvos para la cara y la pintura de uñas, pero las empleadas me reprendían alegando que las niñas no se volteaban la pestañas ni se maquillaban sino que jugaban con muñecas. Jugar a ser mamá no se me hacía una historia de cuentos de hadas. Yo quería ser la princesa del cuento, pero seguir siéndolo para siempre, sin tener que casarme ni tener hijos. Después nos mudamos a Los Ángeles y tía Catalina nos inscribió en el Colegio de

Nuestra Señora del Pilar, en donde nos desalentaron en cuanto a estar a la moda o tratar de ser el centro de la atención. Les dije adiós a mis años de verme en el espejo y admirar mi reflejo. Me acostumbré a prescindir del maquillaje sin que se me quitara la manía de hurgar en lo que no me correspondía.

Dejé el bolígrafo a un lado y coloqué mi libreta en la gaveta del escritorio. Este desnudo mueble de madera dominaba el espacio en la austera oficina de la Casa de las Hermanas, que lucía tan lúgubre como la antigua oficina de mi padre en la Ciudad de Guatemala. Dos cuadros de regular tamaño resaltaban en la pared: el Sagrado Corazón de Jesús y la Virgen de la Asunción. El antiguo palo para colgar ponchos y sombreros en la esquina del cuarto se asemejaba a un espantapájaros desgarbado.

En el mes de junio se sentía tanto frío como en el invierno en California. Extrañaba a María y los niños, sus risas y llantos, y el bullicio de la casa.

¿Podría, después de todo, cumplir con los deseos de Inés?

¿Sería capaz de vivir en este lugar funesto y solitario?

La hermana Martina entró, encontrándome un tanto cabizbaja.

—Hace mucho frío —comenté.

—No se desanime. El frío nunca ha sido un obstáculo para nosotras.

—Tiene razón, no he hecho suficiente ejercicio. Creo que una caminata a la laguna me ambientará de nuevo. Me abrigaré lo suficiente para salir.

—Me alegro de que Inés le haya pedido que regresara. Usted nos ha alegrado con su compañía y palabras de ánimo —me dijo, aunque en ese momento no me sentía motivada y la que me estaba dando ánimo era ella.

—Usted era la mejor amiga de Inés. Estoy segura de que la extraña.

—Como sor Inés sólo hubo una. Pero creo que es más feliz en el seno de nuestro Padre Celestial. Sus pulmones ya no daban para más. El humo le molestaba. Pudimos haber instalado estufas de gas y ella se rehusó. Nos ofrecieron donaciones del extranjero y se negó a aceptarlas.

—De nada sirve que cuestionemos las decisiones que Inés tomó o no tomó. El convento podrá fácilmente convertirse en un lugar más eficiente y acogedor. Empezaremos por instalar las estufas de gas en la cocina y ya verá cómo nos alegrará colocar plantas decorativas en los pasillos y cortinas en esta oficina.

—Ahora es su oficina también —dijo sor Martina.

***

A la mañana siguiente se llevó a cabo la votación para decidir quién sería la madre superiora provisional. Ella tendría el mando general, mientras que sor Martina y yo la apoyaríamos con los asuntos administrativos de la Casa de las Hermanas.

Entre las veinticinco monjas que componían el claustro de las hermanas de San Martín se encontraba sor Fifí, una mujer de sesenta años con gafas gruesas y rostro redondo. Sor Fifí era oriunda de Oruro. En el tiempo de Inés la monja pasó casi desapercibida ante mis ojos porque era callada y calmada, pero para mi sorpresa, el resultado fue casi unánime: la madre superiora interina sería sor Fifí, quien ni siquiera sospechó que sus compañeras votarían por ella.

—No puedo creerlo —expresó sor Fifí, sentada en el antiguo despacho de Inés—. ¿Por qué me han escogido a mí de entre todas las otras?

—Saben que usted hará un buen trabajo.

—He sido de las que menos opinan, de las que menos hablan —dijo sor Fifí, sin salir de su asombro.

—A veces la pompa no es lo que cuenta. Ha mostrado su carácter con el ejemplo. La paciencia y la humildad son dignas de una religiosa.

—Sor Inés nunca me habría dado un puesto de liderazgo. Creía que ninguna de nosotras estaba capacitada para administrar.

—Estoy segura de que usted demostrará capacidad —le dije, contemplando sus ojos bondadosos. Confiaba en que la elegida podría llevar las riendas del convento mientras fuera necesario.

Sofía era su verdadero nombre, pero la llamaron "Fifí" desde pequeña. Era la menor de sus hermanos y estaba acostumbrada a esperar su turno y a ser la última en todo. Se casó muy joven con un hombre adinerado. Tuvieron dos hijos que se marcharon del país para estudiar en el extranjero. Fifí esperaba que volvieran un día a Bolivia, pero nunca lo hicieron. Ella les hacía llamadas telefónicas, a las cuales ellos respondían con indiferencia.

A los pocos años de la partida de sus hijos, su esposo le pidió el divorcio. Quería casarse con una mujer más joven y formar una nueva familia. Fifí se marchó para San Martín, en donde las hermanas la consolaron en su dolor.

—Aquí puedo ser yo misma —dijo sor Fifí—. Nadie me critica por ser simple y modesta. Llegué con las manos vacías y ahora tengo un castillo en el cielo, porque "donde está nuestro tesoro, allí estará nuestro corazón".

Yo no podía más que estar de acuerdo.

***

Mientras las novicias del Convento de San Martín comenzaban una nueva era sin Inés, los secretos de la monja permanecían plasmados en las cartas ocultas en su recámara:

Mi nombre es Inés Barrundia y no soy la monja que todos piensan que soy. Quizá lo fui en un tiempo, pero la vida me cambió. Ahora soy una mujer que hace lo que le dicta el intelecto porque su corazón está cansado de desengaños. A veces quiero escribir y a veces no. Qué más da. Quizá nadie lea lo que escribo. Me dicen que pronto moriré, que el tumor de mi pulmón seguirá creciendo y me dejará sin aliento y sin energía.

Cuando recién llegué a San Martín cortaba flores silvestres, las colocaba en un jarrón y aspiraba su perfume, las observaba e investigaba sus propiedades medicinales. Luego me tomaba un extracto y me hacía sentir de buen ánimo. Eso fue antes de Miguel. Después de él, ¿qué les digo? Jamás me perdoné por haberlo abandonado. Desde entonces he descendido a un calabozo oscuro del cual sólo Dios conoce la salida. Yo, por mi parte, si no la encuentro en esta vida, la encontraré en la otra.

***

Confieso que a veces ahuyento a la gente sin darme cuenta. Se quedan en el convento una noche o dos y, cuando han saciado su hambre, se van. Carezco de misericordia y tampoco la anhelo. En realidad, la huyo, la desprecio, la rechazo. Si no tuvieron misericordia los asesinos de mi padre ¿por qué he de tenerla yo con el mundo?

Les doy a los peregrinos su pan y agua; duermen tranquilos y luego se marchan. Seguirán su camino y su búsqueda, trazarán su propio mapa. Yo hice lo mismo hasta que llegué a esta casa. Casa, dije, pero no es cierto lo que dije. No hay padre, madre, hijos ni hijas. No está mi hijo. Mi hijo no es mi hijo porque no lleva mi nombre, mi historia ni mi apellido. Este lugar no es mi casa, no pude hacerlo mi hogar por más que quise. Este lugar es solamente un albergue temporal.

***

Me dio su número de teléfono y luego me perdí buscando la calle Campoalegre en La Paz. No tenía señalización horizontal, como suelen tener las calles en las ciudades. Busqué y busqué sin suerte. Esa tarde cayó granizo y me senté en un café a escribir un poema. Luego caminé a la estación de autobuses y me fui de vuelta a San Martín. Quise leer un libro, pero no pude concentrarme; el papel con el número de teléfono en la bolsa me recordaba en silencio su presencia:

75 97 49 33. Sin nombre. Me pregunté cuál sería su nombre. Si lo llamaba en algún momento le diría: "Hola, soy Inés, la monja a la que le dio su número de teléfono".

¿Cómo se llamaría? ¿Jacobo? ¿José? ¿Juan? Lo raro fue que todos los nombres que se me ocurrían empezaban con jota. A lo mejor se llamaba Joaquín. Tenía los ojos oscuros y la tez casi transparente, como una hoja de papel en la cual las notas de los pentagramas eran sus pupilas. En silencio su boca dibujaba música en una composición enigmática. No sabía su nombre ni él el mío. Éramos dos extraños a pesar de habernos encontrado frecuentemente en la cafetería de la estación de autobuses. Él sabía que yo no le ponía queso al sándwich mediterráneo y prefería el café en taza de cerámica que en vaso desechable. Me había escuchado hablar y opinar. El papel con su número de teléfono lo puso precisamente debajo de la taza y no noté que estaba allí sino hasta después de sentarme en una mesa. Estaba escrito a lápiz con números diminutos.

Yo era una monja de treinta y siete años, con asuntos importantes que tratar, así que aparenté no haber visto el pedazo de papel y seguí actuando como de costumbre. Pensé que a lo mejor el hombre tenía hijos, esposa, y problemas con ambos, que quería consejo, pero ¿por qué consejo mío y no de otra persona? La única manera de conocer la respuesta sería llamándolo.

"Oiga usted, Joaquín, o como quiera que se llame, ¿para qué me ha dado su número de teléfono?". Me saqué el pedazo de papel del bolsillo y lo coloqué en mi cuarto, en el cajoncito donde guardo el reloj y los anteojos. No tenía tiempo para llamar a hombres misteriosos. Sería penoso escuchar el chisme de que "la monja Inés tuvo interacción con un extraño". No tenía caso llamar a nadie para cita de cortejo ni para cita de consejería. ¿Acaso no era obvio que yo era una monja seria? No bailaba ni tomaba cerveza. El vino tampoco me llamaba la atención, me provocaba sueño y mareo. En el Convento las Hermanas sabían que era abstemia, que una monja no debía distraerse con cosas mundanas, no fuera que se olvidara de los asuntos primordiales en su lista de tareas.

Así fue como conocí a Enrique, cuyo nombre no empezaba con jota. El incidente del número telefónico me dejó intrigada. A las pocas semanas de haberlo visto en La Paz se presentó en San Martín para reemplazar al viejo doctor encargado de la clínica. Me sonrió como si hubiésemos sido antiguos conocidos pero jamás mencionó si había esperado mi llamada. Se mantenía de buen humor y se llevaba bien con la gente. Me atrajeron de él dos cosas: la seguridad que tenía en sí mismo y su habilidad de vivir en el presente. El incidente del número telefónico, por ejemplo, era cosa del pasado y ¿para qué mencionarlo? ¿para qué perder el tiempo con ello si lo importante era el ahora?

Enrique se identificaba con los animales, la gente le llevaba sus llamas cuando estaban lastimadas. Él las tocaba suavemente con la palma de sus manos, ya sea en la cabeza o el lomo. Les lavaba las heridas con agua oxigenada. Yo no entendía cómo podía ser tan cuidadoso con un animal y al mismo tiempo tan descuidado con una mujer. Descuidado no es la palabra correcta. Quizá era demasiado confiado. Me di cuenta de que las mujeres le prestaban atención simplemente por ser un varón atractivo. La atención que él les otorgaba a ellas era la de satisfacer una necesidad física. Estaba dispuesto a proporcionarles sus dotes masculinas y luego las olvidaba para seguir cumpliendo con su vocación de médico. Las damas que tenían amoríos con él, a fin de cuentas, dejaban de ser sus pacientes.

Yo era solamente una más en la lista de conquista. Enrique atraía a las mujeres como la miel atrae a las moscas. Llegué a creer que era la única mujer que él admiraba, la única digna de su afecto. Se me llenó la cabeza de orgullo. No lo amaba, simplemente deseaba su atención. Sabía que lo correcto en mi condición de monja era evitar a hombres como él, huir en caso necesario. Pero no lo hice. Pensaba en él como se piensa en un plato de comida exquisita o en limonada fresca. Sin su compañía me sentía hambrienta y sedienta.

Una noche en la que mi corazón se agitaba como una mariposa sobre su jardín de flores, corrí a buscar al objeto de mi deseo. Nada ni nadie podía detenerme, estaba ciega y no quería ver, confundida y sin esperanza de entender la realidad de mi situación. No me arrepentí de mi proceder sino hasta que el pecado estaba consumado, cuando ya no había vuelta atrás. La experiencia me enseñó la lección más cara que una monja pudiera aprender.

Enrique es el padre del niño para quien compré la caja de música que tengo sobre mi mesa de noche. Quiero que mi hijo tenga un recuerdo de su madre, la madre que lo abandonó después de haber dado a luz. Traté de justificar mi actitud de mil maneras, de convencerme de que había tomado la mejor decisión. Sólo logré volverme amargada e inhumana.

No siempre fui así.

No era inhumana el día que llegué al convento. Era una joven con deseos de cambiar al mundo y servir a mi prójimo. De no haber sido así, la hermana Consuelo nunca habría puesto su confianza en mí para tomar su lugar.

***

El niño es hermoso, María lo trajo hoy al convento. Juega con los pajarillos que se acercan al tanque y corretea por el patio. Tiene el cabello y los ojos oscuros, tez transparente como la de su padre. No pude evitar el observar sus movimientos, escuchar su risa y deleitarme en su inocencia. Prometo que es la primera y la última vez que lo hago, no sea que me encariñe y me vuelva demente. No volveré a reconocer su presencia y cortaré todo afecto que aflore en mi corazón. Cerraré mis entrañas. Mis vísceras no reaccionarán. Seré como una muerta, muerta ante las sensaciones y el amor. El niño y su llama correrán por la calle y no los saludaré ni compartiré mi sonrisa.

Seré una estatua inerte, una imagen frívola. La gente irá y vendrá, llegará y se marchará. En el convento serviré exclusivamente alimento para el cuerpo. El alimento para el alma vendrá de lo alto y así mismo la fuerza para desechar al niño cuyo nombre mis labios no deben pronunciar porque no tengo derecho de nombrar lo que no me pertenece. Y seguiré mi vida sin él, mis días y mis noches sin él, mi corazón vacío, el pecho comprimido y mi voz extenuada y callada.

Una jaula sin voces es mi celda porque la expresión está presa. Están presa la música y preso el canto, presos los movimientos al son de tambores y guitarras. Soy piedra, pilar de barro, un yunque de plomo. Mis pies se mueven con dificultad y deambulan en un sendero establecido por límites. La llave de la puerta ha caído en el pozo de la placa tectónica de la tierra. La jaula yace sin puerta ni ventana, sin calle ni faroles, sin cielo estrellado ni luna plateada, jaula sin hoguera, sin padre, sin madre y sin montaña. Allí, en medio de la celda, Dios me llama y me toma de la mano, me susurra al oído que, aunque la noche sea oscura, saldrá el sol de la mañana y divisaré las cumbres y las aves. Mi corazón no se apagará del todo. Beberá del pan y el vino. Será limpiado de su pecado.

***

Una noche olvidé que estaba presa y comencé a llamarlo por su nombre. Lo vi en mis sueños, pero no me reconoció. Le dije: "pequeño, soy tu madre" y no me entendió. Desesperada, le mostré mi caja de música y se interesó en ella. Le dio cuerda tantas veces que se aprendió la melodía de memoria. Su voz era dulce como de ángel y lloré de alegría porque sus notas llegaron hasta lo más profundo de mi alma y pensé: "te perdí antes de conocerte, nos perdimos los dos, pero me alegra que tengas una madre, aunque la deteste por tener lo que yo no tengo, por escuchar lo que yo no escucho y tocar lo que yo no toco".

Nunca más le volvió a dar cuerda a la caja. Nunca más volvió a cantar en mis sueños. Sin embargo, dentro de mí hay un coro que me recuerda su nombre, su voz y su rostro. Veo mi jaula abierta y corro a buscarlo. Lo encontraré en donde quiera que esté. Lo cuidaré. Cuando se equivoque, esperaré a que se dé cuenta de su error, cuando sufra lo consolaré y cuando sienta hambre lo distraeré para que espere la comida. Viviré para él y disfrutaré cada instante a su lado. Le preguntaré cuál es su nombre (como si no lo supiera) y seré feliz cuando me llame por el mío. No le importarán mis canas ni las arrugas de mi cara. Me contará de su cumpleaños y del gato y de la pelota y del trenecito que camina solo. Seré feliz porque me conocerá.

Soy una monja sin devoción

La perdí un día, una noche,
una mañana, una tarde. La perdí
en un no sé qué, no sé cómo.
La devoción se ahogó entre las
paredes, salones, la lluvia y el agua
corriendo sin dirección, dejándome
vacía, temblorosa y hambrienta.
Me siento sedienta.
No veo la luz, el fuego, el calor,
la paz, el amor. El amor me dejó
soledad y dolor.

Sospeché lo defectuosa que sería
y así me hice monja.
No merezco el título.
No merezco la honra, la música,
el canto. No merezco el perdón ni la gracia.
Bendita gracia. Bendito Dios.
Bendita Providencia. ¿Porque, qué soy
yo para ser considerada digna?

Tinieblas y luz, polvo y eternidad,
sombra y realidad, aire y esencia, olor y
sustancia. ¿Qué soy sino un hacha
que corta el tronco del árbol para luego
quemarlo y consumirlo?

Soy una ingrata y a pesar de ello
volveré a la vida. Abandonaré
el remordimiento. Descansaré como un
pichón en nido de ramas diminutas,

hilos y cabellos, como un conejo en su
madriguera suave y blanca.

Un día mi ángel
volverá a arrullarme como cuando
era niña. Volverán la devoción,
la música, la risa y el regocijo.

CAPÍTULO 18

San Martín, Bolivia, junio de 2008

Querido diario:

Nunca fui devota de la Virgen. Cuando rezo, le hablo al Padre en el nombre del Hijo y del Espíritu Santo. No conocí a mi madre y quizá eso tenga que ver con mi falta de devoción por la Virgen María, aunque la admiro por haber sido bendecida con el fruto del Espíritu Santo. El carácter de la tía Catalina nos hizo respetarla, pero no llegamos a considerarla como una madre. La tía murió y después nos trasladamos al colegio. La vida transcurrió sin mayores contratiempos hasta que Barbie se marchó de Los Ángeles y mi mundo como lo conocía se fue desbaratando. Perder mi trabajo fue la gota que derramó el vaso. Así fue como llegué a vivir en Bolivia.

Los años han volado como mirlos escapando del invierno. Los números no significan nada. No he notado los cambios en mi apariencia excepto por una pequeña mancha café que me ha surgido sobre la mano derecha, junto a un lunar que tengo desde pequeña. Estaba observando ambas manchas cuando descubrí que tenía otra más pequeña aún, cerca de la muñeca. Tres manchas en la mano derecha y ninguna en la mano izquierda. Me intriga el significado de este fenómeno y me digo que la mancha grande representa a Inés, la mediana me representa a mí, y la chica a Barbie. La nitidez de la mano izquierda representa a María, la mujer boliviana que en poco tiempo llegó a ser como una hermana. María es más joven que todas nosotras, y más pura.

"Una cara, una voz, un hábito, y dos personas; es y no es una perspectiva natural". Lo dijo Shakespeare y lo cito porque creí que María y yo nunca nos separaríamos, pero estaba equivocada. María se casó con Cristóbal y yo estoy de vuelta en el Convento de la Hermanas de San Martín. Me pregunto qué secretos guardarán estas paredes del convento, secretos que quedaron sellados con la partida de Inés y todas las monjas que vivieron aquí antes que ella. Si las paredes pudieran hablar me contarían de inquietudes, miedos y temores. Compartirían conmigo los poemas, la música y los cantos.

Inés me trajo de nuevo, ¿habrá algo que yo no sé? Ella se guardó muchas cosas para sí misma. Por ahora me conformaré con hacer mi trabajo. Cualquier secreto se revelará en su momento.

***

Estaba triste por la suerte de mi hermana. El destino quiso que su vida se acortara por alguna razón que yo no podía comprender. Era impensable que Inés me hubiera dejado trabajando a la par de las monjas después de su muerte, y al mismo tiempo hacía sentido. Inés no tenía una relación estrecha con nadie en el pueblo ni en el convento, simpatizaba con la hermana Martina, pero no le habría otorgado un cargo de liderazgo en la Casa de las Hermanas. La verdad acerca de Miguel se la ocultó a todos, incluyendo al padre Muñoz. María y yo la descubrimos por nuestros propios medios. Yo llegué cuando Inés no estaba dispuesta a compartir conmigo un secreto tan íntimo; hablamos de Miguel hasta el final, cuando Inés sabía que le quedaba poco tiempo de vida.

Trataba de expresar mis opiniones sin parecer prepotente. Lo fui en una época, pero la experiencia con Barbie me enseñó algo muy grande: las personas suelen tener diferentes maneras de hacer las cosas, distintas formas de ver la vida. Estas disonancias no las hacen mejores o peores, simplemente las hacen diferir en su tipo de vibración. Sin embargo, también quería asegurarme de que las decisiones que se tomaran en el convento estuvieran en línea con las autoridades eclesiásticas. Me preguntaba la razón por la cual Inés había preferido mantenerse aislada tanto de otros líderes religiosos como de su propia familia.

***

"Agradezco todo lo recibido y todo lo que está por llegar", dije en una corta plegaria habiendo terminado de escribir en mi diario y abandonado el despacho para sentarme en el patio del convento, en ese mismo lugar donde se sentaba Inés a contemplar las estrellas en noches despejadas. Era un buen lugar para hablar con el universo y conmigo misma. La noche estaba fría y llevaba puesto un chal tornasolado que me tejió Barbie. Me trasladaría a vivir a la casa de María tan pronto como se concluyeran los arreglos necesarios. Necesitaba nueva pintura y algunos ajustes en el techo. Por fortuna los muebles estaban en buen estado y yo me encargaría de añadirle al ambiente algunos toques hogareños.

—¿Le molesta si la interrumpo un momento? —me preguntó la hermana Martina, quien me siguió hasta el patio.

—¿Qué pasa?

—Quiero que sepa algo importante. Sor Inés se arrepintió de haber despedido a María del convento. Estuvimos en desacuerdo con esa decisión y sin embargo nos quedamos calladas. No solíamos discutir las órdenes de sor Inés, simplemente las cumplíamos.

—María no le guarda rencor a mi hermana.

—Me alegro de que sea así.

—Inés desempeñó fielmente el papel de administradora de la Casa de las Hermanas. Creo que el convento le debe muchos años de duro trabajo.

—Todas las hermanas estamos contando los días para que instalen la energía eléctrica.

—El equipo de cocina nos ahorrará tiempo en la preparación de la comida. Traeremos dos estufas de gas y una nevera.

La hermana Martina desplegó una sonrisa al enterarse de tales noticias. Las nuevas novicias se iban olvidando poco a poco del voto de austeridad que les impusieron sus antecesoras. Podrían vivir en un ambiente menos rústico y, tanto ellas como los viajeros que pasaban por San Martín en sus peregrinajes, gozarían de agua caliente en las duchas. Era sin duda una nueva era para el Convento de San Martín.

El padre Muñoz colaboró con la hermana Fifí para cumplir con su nuevo cargo. Las hermanas la nombraron madre superiora de común acuerdo y no tenían inconveniente en cuanto a su estilo de liderazgo. En el tiempo de Inés, las hermanas se congregaban en la pequeña capilla del convento e iban a la misa del pueblo únicamente durante la Semana Santa, en el día del santo patrón, y para Navidad. Yo prefería asistir todas las semanas ya que disfrutaba platicar con el padre, ese hombre poseedor de una bondad inagotable.

—Pero si es Margarita —decía el padre Muñoz—, "la flor del amor".

La misa concluía y nos quedábamos platicando.

—Con usted me siento como si fuera niña otra vez —decía yo.

—Enhorabuena. Porque de los niños es el reino de Dios.

La gente de San Martín admiraba a su párroco por su buena disposición y entusiasmo. Por nueva decisión de la hermana Fifí, las hermanas asistirían a la misa del pueblo una vez al mes, turnándose de seis en seis. Se me hacía una lástima que Inés no hubiera tenido una relación estrecha con su párroco. Creó una pared entre ella y la gente del pueblo, abriéndoles las puertas únicamente a los forasteros.

***

Aunque cumplí con la petición de Inés de quedarme en el convento, a veces me preguntaba cómo habría sido mi vida si me hubiese casado con Juan Antonio. Él se fue de San Martín y yo perdí la oportunidad de ser su esposa, ahogué el romance y corrí detrás del viento, sedienta de una falsa libertad. Creí que no podía tener necesidad de un hombre cuando había pasado tantos años de mi vida en compañía de mujeres. Subestimé su cariño, rehusándome a admitir que un hombre fuera tan importante en mi vida.

Mauricio Padilla se presentó en San Martín en el momento más inoportuno porque yo me sentía melancólica por lo que pudo haber sido y no fue con Juan Antonio Espinosa.

¿Qué hacía el restaurantero en San Martín y cómo me había encontrado? Preguntando se llega a Roma, y con la manía que tenía de seguirme la pista, todo le fue posible.

Sor Martina entró al despacho informándome que el hombre que esperaba en el pasillo pedía hablar conmigo.

—¿Le preguntó cuál es la razón de su visita?

—Viene vestido como para ir a una boda. Tal vez se equivocó de pueblo porque el padre Muñoz no ha oficiado ninguna boda en las últimas semanas.

—Creo que no se equivocó —le dije a sor Martina. Conocía bien la forma de vestir de Padilla—. Dígale que entre.

—Por fin te encuentro —dijo Padilla. Se sacudió el polvo del saco y la tierra de los zapatos. Vestía un traje azul y *Oxfords* de piel.

Yo cerré la puerta para que nadie escuchara la conversación.

—Pudo por lo menos avisarme que llegaba, ¿qué tal si no quisiera verlo?

—Por eso mismo no te avisé, para que no te negaras. ¿Qué haces en este lugar tan tétrico?

—Decorarlo.

—Estoy seguro de que a las monjas les da lo mismo.

—¡Qué sabe usted de las monjas! Mi hermana vivió aquí por más de veinticinco años y amaba este lugar. Pero lamentablemente falleció.

—No quise ofender a tu hermana. Pero no estoy acostumbrado a que las mujeres me lleven la contraria, ya sea por mi carro deportivo o porque las convido a comer en lugares lujosos.

—Y luego se acuesta con ellas —comenté entre dientes.

—Piensa lo que quieras. Contigo sería diferente.

Padilla no se mostró orgulloso de su fama de mujeriego.

—¿Cómo puede estar tan seguro?

—Me embrujaste. No puedo explicármelo de otra manera.

—Seamos honestos. Me dio la promoción para que me acostara con usted. Creo que le salió el tiro por la culata porque ya no le creo ni lo que se come.

—No seas ingrata. Por lo menos dime que te da gusto verme.

—Me preocupa verlo. Mire nada más, ¿qué va a decir la gente del pueblo? Parece un extraterrestre deambulando por aquí con ese traje tan elegante, y con esos zapatos.

La noche de la fiesta en el hotel, después de la euforia de la noticia de mi supuesta promoción y un sinfín de cocteles durante la celebración, le revelé asuntos demasiado personales. Padilla conocía todos los detalles de mi ruptura con Juan Antonio, que no había querido casarme con él, que yo estaba, por decirlo así, disponible. Ante mi recepción indiferente en San Martín, Padilla decidió cambiar su plan de conquista. Si el papel de mártir no le funcionó a Juan Antonio, tampoco a él le serviría, así que reemplazó su semblante de súplica por el de indignación.

—No sabes ser una buena anfitriona —dijo con un tono acusador—, hice un viaje largo y no me has ofrecido ni un vaso de agua. Creí que las monjas eran hospitalarias.

—Lo recibí porque me hallé comprometida y porque no soy una monja.

—Pero ahora vives con ellas. ¿No es éste un hospedaje para los forajidos?

—Pues usted no tiene cara ni de desvalido ni de hambriento.

Padilla no estaba dispuesto a darse por vencido tan rápido. Sabía que pocas mujeres despreciamos una oferta para ir de compras. De esa manera le daríamos un cuarto para quedarse esa noche en el convento. Después de todo, él me dio el empleo cuando yo lo necesitaba, aunque después me lo quitó.

—¿Me acompañas de compras, o me voy solo?

Antes de que yo pudiera contestar, sor Martina tocó a la puerta. Le abrí y Padilla aprovechó para salir.

—¿Quién es el catrín? —preguntó sor Martina, mientras Padilla esperaba afuera.

—Luego le contaré. Por el momento me iré con él a Oruro aprovechando el carro. Iré a comprar tela para cortinas y manteles, avísele a la hermana Fifí que regresaré tarde. Sor Clemencia se encargará de supervisar la cocina.

Después de tres horas en el carro de Padilla, hicimos una parada en las tiendas de tela y otra en una librería. Cuando tenía todo lo que necesitaba, Padilla sugirió que nos fuéramos a comer al centro de la ciudad. Llegamos a la Plaza 10 de Febrero, el punto central de las celebraciones del Carnaval de Oruro. Caminamos por el kiosco, la fuente, y las esculturas en bronce de animales. Padilla se comportó como todo un caballero, sin invadir el espacio entre los dos.

Durante la cena recibió una llamada de trabajo y no pudo probar bocado. Se disculpó por haber estado prácticamente ausente. A las ocho de la noche salimos de regreso a San Martín, pero a medio camino nos quedamos varados sin señal de celular y sin forma de reparar el vehículo. Me pregunté si él lo había planeado todo de esta manera.

—¿Cómo te puede gustar un lugar tan apartado? —preguntó, refiriéndose a San Martín.

—Me la paso trabajando. Como puede darse cuenta, esta semana me dedicaré a coser cortinas para nuestra oficina.

Padilla se dio cuenta de que hizo un largo viaje en vano porque no había logrado despertar mi interés. Los dos estábamos aburridos el uno del otro. Nos acomodamos en nuestros asientos a esperar a que pasara otro carro por la carretera para llevarnos de regreso.

Al día siguiente se despidió muy temprano.

—Siempre habrá un lugar para ti en mi vida, pero el afecto no se exige. Si eres feliz en un pueblucho, yo no soy quién para impedirte que te quedes. Pero si en algún momento tu espíritu se cansa de rodar caminos, ya sabes dónde encontrarme.

Sería la última vez que Padilla me buscaría.

CAPÍTULO 19

San Martín, Bolivia, junio de 2008

El mismo día en que recibí la visita de Padilla, Juan Antonio llegó a tocar a la puerta de la casa de María. Como nadie respondió, se dirigió hacia el convento. Sor Martina le comentó que yo había salido para Oruro y no sabía a qué hora regresaría.

—Me preocupa que ande sola —dijo Juan Antonio—, me pregunto si debería salir a encontrarla.

—La acompañó Mauricio Padilla —dijo sor Martina.

Juan Antonio esperó hasta la media noche y todavía no estábamos de vuelta. Sor Martina le preparó varias tazas de té para entretenerlo durante esa noche fría.

—A lo mejor se quedaron sin gasolina —dijo la hermana, tratando de encontrar una justificación por la tardanza.

Juan Antonio permanecía callado. Sabía quién era el tal Padilla porque yo lo mencioné en más de una ocasión.

—Margarita necesitaba ir de compras —explicó sor Martina—, estoy segura de que tuvieron algún contratiempo.

Juan Antonio no podía evitar el sentir celos de cualquier hombre que hiciera amistad con la mujer que pudo haber sido su esposa, pero comprendió que nada ganaba con seguir esperando.

Al día siguiente llegó al convento y entró al despacho. Juan Antonio Espinosa se sentía con derecho de entrar a la Casa de las Hermanas sin anunciarse. Trabajó al lado del doctor Ríos sin devengar ningún salario y también apoyó a Inés durante su enfermedad.

—Te esperé ayer hasta tarde.

—Lo lamento. No esperaba tu visita, ¿te quedas por poco tiempo? —Ignoraba si había llegado al pueblo exclusivamente para buscarme o si tenía otros asuntos que arreglar.

—Pensaba tener una razón para quedarme, pero veo que no será necesario.

—¿A qué te refieres? —pregunté, fingiendo no entender.

—Parece que no ha sido muy difícil reemplazarme.

—Si estás hablando de Padilla, no tengo nada que ver con él, sólo hicimos un viaje de compras.

—Eso me decían las empleadas cuando era niño y mi mamá salía a la calle a divertirse: "Tu mamá salió de compras".

—Me da pena que no me creas. Pero es la realidad, necesitaba comprar tela para cortinas, y también un par de libros.

—Por lo visto no te desagrada la persona que te sirvió de chofer. Supongo que también te invitó a comer.

—Padilla se la pasó en el teléfono durante la cena. Ni siquiera pudimos conversar. Pero no es lo que tú piensas, no tengo nada que ver con él.

—Salieron solos y casualmente regresaron en las horas de la madrugada.

—Tuvimos problemas con el carro. Pasó mucho tiempo antes de que alguien pudiera ayudarnos en la carretera.

—¿No te pasa por la mente que quizá ese tipo haya querido aprovecharse de ti?

—No se aprovechó de mí.

—Seguramente le interesas mucho, dado que hizo un viaje exclusivo para llevarte de compras.

—Lo que te puedo asegurar es que él no me interesa a mí.

Lamento que no me hayas encontrado, es una verdadera lástima. Tengo mucho tiempo de no salir del pueblo porque he tenido trabajo. Mantenerme ocupada ha sido mi terapia para olvidar.

—¿Te ha sido fácil olvidarme, entonces?

—No quise decir eso, pero no estoy interesada en Padilla.

—A veces los romances no se planifican, simplemente se dan.

—Padilla no me atrae de esa manera. Dudo mucho que vuelva a buscarme.

Juan Antonio no me creyó. Se despidió alegando que necesitaba salir de inmediato, que tenía trabajo por hacer y compromisos que cumplir. Se fue sin darme un beso y me hirió con su indiferencia. Hubiese preferido que me acusara de traicionera, pero parecía estar resignado a aceptar que no tenía ninguna potestad sobre mí. Me dolía el haber perdido su amistad y su confianza.

***

La clínica médica del Convento de San Martín fue su base por dos años. Su nueva sede era Cusco, aunque Juan Antonio viajaba a menudo a las zonas rurales del altiplano boliviano aledañas al lago Titicaca. San Martín, cuyo tanque de agua abastecía a las familias, fue su inspiración para apoyar a la Cooperativa de los Andes, organización que velaba por la construcción de tanques de agua y retretes ecológicos en las comunidades del altiplano, donde la mitad de la gente carecía de agua potable.

Casi pegada al cielo, la vegetación del altiplano alcanzaba baja estatura, arbustos pequeños y dispersos entre pastos imperecederos. En las zonas más húmedas se formaban bofedales de plantas muy densas y de lento crecimiento. Por los paisajes verdes y amarillos rodeados por la cordillera andina se cruzaban continuos riachuelos hasta llegar al lago Titicaca. El cultivo de quinua era uno de los medios de vida de la gente, siendo este preciado grano uno de sus principales alimentos.

Aunque en su mayoría las generaciones jóvenes conocían el castellano, en el altiplano se hablaba en gran escala el quechua. El aimara, un lenguaje anterior a los Incas, se usaba también en las poblaciones del lago Titicaca. Juan Antonio conocía gente nueva en cada pueblo y las familias lo recibían gustosamente en sus viviendas. La gente le ofrecía comida y entretenimiento porque eran cantantes y músicos, además de buenos cocineros. Las pequeñas guitarras llamadas charangos acompañaban la dulce melodía de las zampoñas o *sikus*, instrumentos de viento fabricados con una hilera de tubos de caña de longitudes diversas, muy populares en las regiones aimaras. La música era para la gente tan importante como el alimento y la bebida.

Cusco, Perú, junio de 2008

Juan Antonio llamó a su madre. Doña Elena se encontraba sentada en la mesa leyendo una revista cuando sonó el teléfono.

—¿Por qué no me llamaste antes? Tuve un sueño inquietante. Soñé que llorabas en silencio y que yo te decía que la mujer que te dio la vida nunca te abandonaría.

—Tengo la sospecha de que Margarita tiene un romance.

—Si sólo es una sospecha, no debes acongojarte.

—¿Crees que deba seguirla buscando?

—Espérate un tiempo. Pero si lo que temes es cierto, Margarita es una mujer libre, no puedes reprocharle nada.

—Desde que me levanté por la mañana y abrí la ventana, me dije que no hay razón para ser infeliz, aunque no pude conquistar el amor de Margarita. El problema es que no sé lo que me depara el futuro. Inés se ha ido de mi vida para siempre, y ahora, Margarita también.

—Te lo dije en mi sueño y te lo repito. La mujer que te dio la vida nunca te abandonará.

—No sé qué haría sin ti. Siempre te siento conmigo, aunque estés lejos.

—No creas que ha sido fácil verte partir tantas veces. Una vez los hijos crecen y levantan las alas, nada los puede detener.

Juan Antonio siguió platicando con su madre. Ella tenía el don de hacerlo sentir bien cuando estaba mal.

—¿Recuerdas el poema que escribí para tu padre después de su muerte?

—No sólo lo recuerdo, lo sé de memoria —dijo Juan Antonio, recitando el poema al unísono con doña Elena viuda de Espinosa.

Llévame Contigo

A la eternidad
tómame en tu abrazo
de hoy y de ayer.

Corazón,
¿cómo es que tú encierras
todo mi sentir?
ando por la vida
con el alma henchida.

Tus ojos negros
tan llenos de luz
¿quién dijo que están
lejos de mí
si los veo en cada
mañana, en
cada ventana?

***

Las tardes lluviosas en la Antigua Guatemala le recordaban a Barbie los días de su niñez, cuando corría por las calles y paseaba en bicicleta chapoteando agua por las aceras de la Ciudad de Guatemala. Barbie tocaba a la puerta de la casa vecina donde los niños se reunían para ver programas de televisión en una pantalla en blanco y negro. En uno de esos programas aparecía un caballero de cabellos grises y escasos que se vestía de corbata y bosquejaba en un papel a *Woody Woodpecker*, el "pájaro loco" de la serie animada. Línea tras línea y trazo tras trazo el artista creaba la cabeza, el cuerpo, las extremidades y la expresión de ese carismático pajarraco que cobraba vida en la pantalla. De vuelta en su casa, Barbie también tomaba su lápiz y reproducía figuras de sus personajes favoritos.

Los sueños de Barbie eran tan divertidos como sus dibujos, tenía una imaginación espectacular que había cultivado desde pequeña. Los tornillos del cerrojo de la puerta de su casa se convertían en ojos, y el cerrojo mismo en la cara de otra ave. La manecilla debajo de los tornillos se convertía en su pico oblongo. Luego se abría la puerta y Boloña, el gato gris de Inés, saltaba persiguiendo al pájaro imaginario al que Barbie rescataba de las garras del minino.

La historia *El Soldadito de Plomo* la enternecía porque al héroe del cuento le faltaba una pierna. Le desagradaba que tuviera que morir quemado en la chimenea al lado de la bailarina a quien tanto amaba. En los cuentos inventados por ella todos los héroes y las heroínas vivían felices para siempre. Pero un día, cuando Barbie estaba apenas en el tercer año de primaria, la llevaron lejos de su país a otro distinto, y en su nuevo barrio ya no salía a la calle a montar bicicleta. En la escuela le hablaban solamente en inglés y le demostraban cómo evacuar el edificio en caso de incendio. Para entonces, el soldadito de plomo y la bailarina ya habían sido consumidos por el fuego: su padre y su hermana Inés, a quienes Barbie perdió en un fuego sin llamas. Barbie esparció las cenizas simbólicas en el jardín de la tía Catalina y les rindió los honores correspondientes.

Veinticinco años más tarde, Barbie encontró a su hermana Inés para enterrarla al poco tiempo con una vela en la mano y la otra en el corazón, sabiendo que, en el mundo de la realidad, tanto el soldadito de plomo como la bailarina habían desaparecido para siempre.

***

La vida transcurría para la menor de las hermanas Barrundia en su paraíso decorado con un enorme volcán en la Antigua Guatemala. El brazalete de piedras volcánicas que le regalaron sus alumnos para el día del maestro le recordaba que de vez en cuando llovía arena negra y temblaba la tierra, pero que la vida seguía su curso, que las escuelas seguían necesitando maestras y las ciudades, escuelas. Barbie conocía la importancia de su trabajo por el sólo hecho de pasar con los niños casi el mismo tiempo que ellos pasaban con sus padres. Tomaba su tarea muy en serio y se preparaba diligentemente cada tarde con los materiales necesarios y los planes de actividades para sus lecciones.

Si Mirella Barrundia vivía en una casa enorme con puerta de control remoto o si Barbie debía pelear por su herencia u olvidarse del asunto, esas eran cosas que no le quitaban la tranquilidad ni la felicidad. Barbie se las arreglaría sin el dinero de su madrastra. Amaba su trabajo y ganaba lo suficiente para pagar su estadía en la casa de pensionistas. La dueña preparaba comida exquisita y el dormitorio de Barbie tenía una ventana que daba a la calle con el acogedor balconcito antigüeño adornado con una maceta de geranios color melón. Los amigos no le faltaban y tampoco los estudiantes de español. En el asilo de ancianos la esperaban unos viejillos todos los fines de semana y a veces hasta se perdía de la misa para poder pasar el domingo con alguno que necesitara apoyo o consuelo.

Su debilidad eran los helados de crema y si alguna vez se sentía triste o sola, salía para la heladería y allí disipaba las penas. En otras ocasiones compraba panes dulces para llevárselos a su prima Cristina, en el pueblito de Santa María de Jesús. Su sueño más grande era que después de unos años se encontrara a sus exalumnos en la calle y ellos la reconocieran.

Si Dios hubiese bajado del cielo a coronar a la más santa de las hermanas Barrundia, sin duda, le habría colocado la corona a la más pequeña, pero ella no la habría aceptado por resultarle incómoda. Así era su vida de sencilla y así de grande su corazón.

San Martín, Bolivia, junio de 2008

—Vino justo el día que me fui para Oruro con Padilla... Sí, se disgustó mucho, estoy segura de que estaba molesto —hablábamos con Barbie por teléfono mientras yo acomodaba los papeles del archivo en la oficina.

—Llegó a buscarte y tú te habías ido con otro.

—Se despidió sin darme un beso, repitiendo que llevaba mucha prisa, que tenía responsabilidades que cumplir.

—Pero no se fue sin antes hablar contigo, eso es una buena señal. Pudo haberse cansado de esperar y marcharse el mismo día.

—Eso no quiere decir nada, no podía irse a mitad de la noche, la carretera es muy peligrosa.

—¿Y a ti no te dio pena andar con Padilla a esas horas?

—Se comportó de maravilla y no me faltó el respeto.

—Cualquiera diría que lo estás defendiendo, Juan Antonio tiene razón de estar celoso.

—No puedo creer que los dos hayan llegado el mismo día como si se hubieran puesto de acuerdo. Lo malo es que Padilla llegó primero. Si tan solo Juan Antonio se hubiera adelantado un poco, él me habría llevado de compras.

—A veces las cosas no salen como uno quisiera, pero lo más importante es que le hagas ver a Juan Antonio que él es quien verdaderamente te interesa. Llámalo y háblale tus sentimientos.

—¿Qué tal si no quiere saber nada de mí?

—Regresó a buscarte a pesar de que rechazaste su propuesta de matrimonio, eso quiere decir que no te ha olvidado.

—Me preocupa que me pague con la misma moneda.

—Juan Antonio no es esa clase de hombre, debes sacrificar tu orgullo —insistió Barbie.

Pero esta vez yo no estaba segura de seguir su consejo. Pensé que debía esperar un poco de tiempo hasta que Juan Antonio olvidara el incidente de Padilla.

CAPÍTULO 20

San Martín, Bolivia, julio de 2008

Las hermanas embellecieron el convento con manteles y arreglos de naturaleza seca que con las heladas reemplazaron los ramos de la cantuta. Yo entré a la antigua recámara de Inés para barrer y trapear. Tenía la vieja costumbre de darles vuelta a los colchones y revisarlos para detectar moho o imperfecciones. Me recosté para poner a prueba el colchón y encontré una irregularidad. La curiosidad me llevó a descoser las costuras y a descubrir un sobre con cartas en su interior. Reconocí la letra de Inés en lo que parecían ser confesiones y relatos que comencé a leer al punto: poemas y memorias de acontecimientos pasados y recientes. No sería tan difícil aproximar las fechas y descubrir la identidad de las personas implicadas, a quienes Inés no siempre llamaba por su nombre.

¿Por qué razón Inés no destruyó las cartas? A pesar de que no estaban dirigidas a nadie en particular, quizá había sido la voluntad de la monja que la persona que las encontrara las conservara como testimonio de su vida, una vida que nadie conocía.

Todo ese día me la pasé leyendo sin tan siquiera tomar un descanso para comer. Sor Martina me llevó una sopa de chuño como a eso de las cuatro de la tarde. Le extrañaba que hubiera pasado tanto tiempo encerrada en el despacho, ya que generalmente caminaba al pueblo para hacer las compras del mercado. Para satisfacción de la abnegada monja, me tomé toda la sopa y salí para la clínica del doctor Ríos tan pronto como había saciado mi apetito de comer y de leer.

La clínica, de construcción rústica como la iglesia y la escuela, quedaba a pocas cuadras del convento. Hubo que esperar un poco para que pudiera hablarle al doctor con quien tuve escasa comunicación en esos últimos meses.

—Vengo a hablarle de un tema muy delicado —le advertí, cuando por fin me pasó a su despacho—. Necesito saber cuál era la relación suya con mi hermana Inés.

—No me vengas con chismes de comadres, Margarita —el doctor me respondió—. El hombre a quien ella siempre amó fue Juan Antonio.

—Hay una parte de la historia que usted ignora.

—No me interesa.

—Qué tal si le dijera que Inés tuvo un niño y que el niño es hijo suyo.

—Eso es mentira. De haber sido así, yo habría sido el primero en enterarme.

Saqué la carta de mi bolsa y se la entregué al doctor Ríos, asegurándole que había sido escrita por la misma Inés.

El doctor la leyó rápidamente y luego la rompió.

—Esta carta no pudo haber sido escrita por Inés —alegó, con aire de indignación—. Alguien que nos quiso tomar el pelo debió haber imitado la letra. Inés no era tan cruel como todos creen, me rehúso a creerlo. Lo puedes creer tú si se te antoja.

El doctor Ríos me habló de manera tan tajante que tuve que salir de su despacho en ese mismo momento. Era inútil que tratara de convencerlo. Si no le interesaba conocer la verdadera identidad de Miguel, quizá era mejor así. Yo cumplí con comunicarle lo que acababa de averiguar, para bien o para mal.

***

190

La vieja estufa de leña adornaba el corredor del convento con un jarrón y vasijas de barro llenas de hierbas aromáticas. Fue la fiel compañera de muchas cocineras y en su nuevo puesto saludaba a todos engalanada y deshollinada. Inés probó ser tan resistente como el metal de esa estufa, y sin embargo ambas habían terminado de llevar a cabo su misión. Una estufa más moderna fue trasladada a la cocina y la hermana Tatiana llegaría en pocos meses a establecerse como madre superiora del Convento de San Martín.

Satisfecha de haber limpiado y embellecido la vieja estufa, salí con mi abrigo de lana camino al cementerio. No había visitado la tumba de Inés desde el día del entierro y la estufa me la recordó. Mi corazón estaba lleno de inquietudes y me preguntaba que por qué el destino quiso llevarnos a este pueblo donde el tiempo parecía estar congelado y los cambios se daban a paso parsimonioso. Quizá era que a la gente no le gustaba el cambio y eran felices viviendo una vida sencilla a la antigua.

En el camino hacia el camposanto crecían pequeñas frutas de color rojo cubiertas con la escarcha de la mañana. Se veían apetitosas, esa especie de cerezas de un rojo intenso como sangre. Me pregunté si la gente las consumía. La caminata me dio sed y no pude resistir la tentación de probar las frutillas, las cuales resultaron ser exquisitas.

El cementerio lucía solitario porque no era primero ni dos de noviembre, fechas en que las personas traían flores a las tumbas y preparaban banquetes para que las almas de los difuntos los bajaran a degustar. Finalmente llegué al espacio que ocupaba Inés y, a falta de flores y follajes, esparcí las hierbas aromáticas que llevaba en una bolsa especialmente para ese propósito.

"No sé si alguna vez te gustaron los perfumes", pensé, "hasta hace poco no sabía casi nada de lo que preferías y de lo que no. Pero ahora he leído tus cartas. Te habría traído flores frescas si don Felipe hubiese seguido plantándolas en el invernadero. Ahora sólo quedan esas frutillas silvestres a lo largo del camino, las cuales he disfrutado mientras caminaba".

Se me hizo irrespetuoso sentarme sobre los nichos y me quedé de pie, leyendo el epitafio de mi hermana:

Sor Inés Barrundia, 1962-2008
amada hermana y amiga.

Inés rehusó llevar el título de Madre en su epitafio. Esa palabra le recordaba al hijo que abandonó, y por ello no se consideraba digna de llevar el título. Su secreto se había ido con ella a la tumba porque el doctor Ríos, padre del niño, destruyó la carta que constituía la única prueba de su existencia.

***

Inés y yo teníamos rasgos en común. Ambas sabíamos disfrutar de la quietud y también nos daba miedo darnos a querer. Nos inspiró la lectura y la música de cuerdas barrocas, ambas crecimos sin una madre y a nuestro padre lo perdimos a temprana edad. Existía una barrera que nos impedía aceptar el cariño sin reservas porque desconfiábamos de nosotras mismas y de los demás en el área sentimental. Inés se enclaustró en el convento y se aferró a cumplir con sus votos. Yo parecía estar abierta a la posibilidad de enamorarme, pero una vez me tocaba hacer un compromiso, empezaba a buscar excusas para evadirlo.

Si tan solo la vida de Inés no hubiera estado tan llena de remordimientos y culpa, podría haber sido feliz. Después de haber leído las cartas, sentía que entendía mejor a mi hermana. La historia de su vida era digna de ser compartida y, pese a todo, a nadie parecía interesarle. Ni siquiera Juan Antonio, quien la acompañó en la salud y la enfermedad, había logrado descifrar el corazón de la religiosa del Convento de San Martín.

***

El frío de San Martín hizo que añorara las tibias tardes de verano en el Colegio de Nuestra Señora del Pilar. Mi árbol preferido era grande y frondoso. Su sombra me refrescaba del calor. Un buen número de alumnas se marchaba durante los meses de verano y las maestras aprovechaban para despejarse. Los pajarillos cantaban al compás del chorro de la llamada "fuente de los deseos". Allí tanto las niñas como las empleadas lanzábamos centavos y confesábamos en silencio nuestras más íntimas inquietudes.

En el jardín crecían lirios de color salmón que vivían un día. Con mi ojo analítico, yo observaba sus centros amarillos y su delicada textura. Habría querido tener una cámara para captar esa geometría perfecta porque sabía que, esa misma noche, el lirio moriría. Esperaba ansiosamente a que se abriera una nueva flor, pero nunca era totalmente feliz porque sabía que su belleza era efímera.

En San Martín se respiraba un aire diferente; el árbol en el patio de María no medía más de tres metros de altura. La casa estaba equipada con una estufa de leña, la cual utilizaba para mantener la casa caliente. La pequeña estufa de gas parecía no ser de la familia de la rústica cocina, pero yo la prefería. Presentía que mi estadía en San Martín no sería permanente. Pronto llegaría la hermana Tatiana y ya no tendría caso que yo me quedara. Para entonces la hermana Fifí tendría suficiente asesoría. Pero por más que Barbie me hablara del verdor de Guatemala y del sol radiante de Centroamérica, dudaba regresar a mi país natal. Me alegraba de lo bien que Barbie se acoplaba a la vida de la Antigua Guatemala y de su pasión por la docencia, porque a donde quiera que Barbie llegaba plantaba amor y alegría. La envidiaba por su visión tan clara de la vida.

***

Era la hora del receso y Miguel escogió la banca más soleada del patio de la escuela para sentarse. Su cabello negro brillaba con el reflejo del sol, pero no así sus ojos. Un hombre al que por un instante no pudo reconocer se acercó y le preguntó que por qué no estaba jugando con sus amigos. Era el doctor Ríos, quien, sin perder más tiempo, sacó el estetoscopio del maletín y al colocarlo en el pecho de Miguel descubrió que tenía sibilancias. El doctor trasladó al niño a su clínica para administrarle el inhalador para asmáticos.

Después de un rato en la clínica, Miguel se quedó dormido y el doctor continuó sentado a su lado, observándolo con detenimiento.

Tenía rasgos de Inés.

Cuando el niño se despertó, podía respirar con más facilidad. Primero preguntó por María, pero pronto recordó que se encontraba en la ciudad para llevar a José María con el pediatra.

Miguel le comentó al doctor acerca de un asunto que lo tenía preocupado: el gato Sol había salido de la casa y tenía dos días de no regresar.

—Pronto estará de vuelta —dijo el doctor—. ¿Sabes que los gatos tienen muy buen olfato y pueden detectar el peligro? No se pierden con facilidad.

—¿Por qué no ha regresado, entonces?

—Si en esta ocasión se perdió, aprenderá una nueva ruta.

—Los gatos tienen siete vidas, ¿cuántas le quedan a Sol?

—No lo sé, pero probablemente muchas. Creo que regresará antes de lo que te imaginas.

Miguel sonrió con la mirada, y en ese momento apareció la madre de Cristóbal para llevárselo a la casa. La señora le comentó brevemente al doctor Ríos acerca de José María. El niño estaba en período de observación por un aparente soplo en el corazón, pero el problema no requería cirugía inmediata. Además era muy probable que la anomalía se arreglara por sí sola y los doctores preferían esperar para ver cómo progresaba.

La mujer le agradeció al doctor por toda su ayuda y se marchó con Miguel.

***

El trabajo figuraba en el pedestal de sus prioridades. Era la primera vez que el doctor Ríos se preguntaba acerca del significado de la vida afuera de su profesión. No había sido su costumbre visitar a Inés en el convento sino hasta que estaba enferma y, ahora que estaba muerta, la ausencia de la monja parecía carcomerle los huesos. En su vida hubo otras mujeres y amigos que quedaron en el olvido. No era así en el caso de Inés, quien fue para él una amiga de verdad, lo podía ver claramente ahora que su ausencia era definitiva. Nunca le preguntó acerca de su vida personal y respetó su privacidad porque ambos tenían algo en común: fueron fieles en guardar un secreto.

Si Inés fue un enigma, el doctor Ríos lo era aún más. ¿De dónde era originario? ¿Cuándo llegó a San Martín? ¿Por qué razón estaba solo? ¿Se enamoró alguna vez?

Para Enrique Ríos las aventuras sentimentales habían quedado atrás. Los pacientes lo necesitaban mucho más que cualquier mujer. La relación entre paciente y doctor era incondicional, mientras que las mujeres eran una cosa diferente. Inés fue la única mujer que jamás le exigió nada, se tomó toda la responsabilidad por el hijo que llevó en su vientre y no le reprochó cosa alguna al doctor Ríos. Ella lo buscó a él, ella se declaró culpable de ese embarazo y de esa carga. Él la recibió en su casa y le dio lo que ella le pidió. Por eso Inés decidió lidiar con las consecuencias de su error sin la ayuda del doctor, como un castigo por su pecado.

Ahora era muy tarde para cambiar el pasado. El niño Miguel le pertenecía a María. Enrique Ríos nunca supo de la existencia de un hijo sino hasta que leyó la carta de Inés. Rompió la carta en el acto, no porque no creyera lo que Inés decía, sino porque le enfurecía haber estado tan ciego todos esos años.

Miguel era el hijo de Inés. Miguel era su hijo.

Los seres humanos son criaturas de hábito y quizá por eso el doctor extrañaba a Inés, no podía ser por amor, o al menos así lo creía él. Y ahora Miguel era lo único que le quedaba de ella y lo que más se la recordaba. Tenía que habérsele metido un demonio en la cabeza para querer reclamar a un niño que no le pertenecía. María no se lo daría por ningún precio. Además, ¿de qué le servía luchar por un hijo que ni siquiera lo reconocía como padre?

La respuesta a su dilema era simple: tarde o temprano Miguel tendría que saber que él era su padre y que María no era su madre. María no podría negarle la verdad a Miguel.

San Martín, Bolivia, enero de 2009

Barbie casi se fue de espaldas. Era tarde en la noche cuando estaba hablando por teléfono sentada en su dormitorio.

—Lo conocí en un grupo de estudiantes de francés. Me parece un tipo interesante —le dije, como si la invitación para visitar a Duncan en Los Ángeles hubiese sido algo rutinario—. Ya se nos olvidó el poco francés que aprendimos en el colegio, así que hemos estado hablando en inglés. Él se maravilla de todo lo que le he contado del convento y de mi vida en Bolivia.

Pasaron seis meses desde la última visita de Juan Antonio y no tenía ninguna noticia de él. Barbie estaba consciente de que yo había cambiado de muchas maneras en los últimos dos años. Estaba dispuesta a viajar y conocer gente, a tomar riesgos que antes jamás habría tomado. Me veía más segura de mí misma y al mismo tiempo más desprevenida.

—¿Hablando cómo?

—Por el Facebook.

Barbie se puso de pie para buscar un vaso de agua. Sentía una resequedad en la garganta —¿desde cuándo estás metida tú en los grupos del Facebook?

—Desde que pusieron el café internet en San Martín —pronuncié, deslizando los dedos por mi cabello para asegurarme de no tener nudos.

—¿Qué tal si Duncan es un maniático o un secuestrador? —preguntó Barbie, después de haber tomado un sorbo de agua.

—A mí me parece un tipo normal. ¿Por qué no secuestrar a otra que viva más cerca?

Me pareció que mi hermana se estaba preocupando más de lo necesario.

—¿Qué más sabes de él?

—A juzgar por la foto de su perfil, creo que pudiera tener a la mujer que se le diera la gana. El viaje me serviría para conocerlo más a fondo, y para que él me conozca. No todos los días me salen ofertas como esta.

—Creí que no estabas buscando novio. Es más, si te sale un hombre perfecto como Juan Antonio lo desprecias. Ahora resulta que prefieres a uno de reputación cuestionable.

—Quisiera que vieras su fotografía. Se parece a Christian Bale, con todo y la chaqueta de cuero.

Barbie no sabía mucho de Christian Bale ni de ningún actor famoso, pero tenía buen sentido común.

—Es una broma ¿verdad? —me preguntó.

—¿Broma, qué?

—Te está tomando el pelo. Esa ni siquiera ha de ser su verdadera foto. Te aseguro que mis corazonadas nunca fallan.

Me di cuenta de que mi hermana veía las cosas con más objetividad. A lo mejor tenía razón, viajar tan lejos para reunirme con un hombre desconocido era una idea incoherente. Terminaría desilusionada. Por otro lado, todavía existía la posibilidad de una reconciliación con Juan Antonio.

—Se me ocurre una idea —dijo Barbie, interrumpiendo mis pensamientos—. He estado ahorrando para visitar Cusco. Te pido que vayas en mi lugar. Me haré cargo de los gastos de tu viaje si me prometes que visitarás el santuario de la Virgen del Rosario.

—No merezco que hagas este sacrificio por mí.

—Quiero le pidas a la virgen que te muestre el camino correcto.

—¿Por qué no vamos juntas?

—Ya habrá otra oportunidad. Lo más importante ahora es que le pidas una señal a la virgen. No debes tomar ninguna decisión arrebatada con Duncan o como quiera que se llame ese "don Juan" con quien llevas las de perder.

No podía despreciar su generosa oferta. Un fin de semana en el Perú me haría mucho bien.

Cusco, Perú, febrero de 2009

La ciudad de Cusco, capital del antiguo imperio inca, es una mezcla del pasado y del presente. Enormes piedras que una vez sostuvieron templos monumentales fueron usadas como cimiento para edificar construcciones coloniales de estilo barroco. La Iglesia de Santo Domingo se construyó sobre las ruinas del llamado templo del Sol, cuya parte central fue edificada con piedras adornadas con plata y oro. Un terremoto destruyó la iglesia original, que se levantó nuevamente entre los siglos diecisiete y parte del siglo dieciocho sobre las mismas piedras milenarias de los incas.

Las capillas de la iglesia de Santo Domingo exhiben estatuillas del santo y pinturas de la Virgen del Rosario. De acuerdo con la tradición, después de que la Virgen María se le apareció a Santo Domingo y le enseñó a rezar el Rosario, la costumbre se propagó con tal fidelidad que las tropas cristianas antes de la Batalla de Lepanto del siete de octubre de 1571 rezaron el Santo Rosario y salieron victoriosas.

Yo, por mi parte, estaba preparada para pedir una intervención sobrenatural en mi decisión de visitar la ciudad de Los Ángeles. Entré a la diócesis de Santo Domingo bajo pétalos de rosa esparcidos desde los balcones de las casas en honor a la Virgen del Rosario. Allí rogué pidiéndole a la virgen una señal. Barbie me envió exclusivamente para eso, pero no habían pasado más de dos horas cuando sentí hambre. Supuse que Barbie no tendría inconveniente con que yo buscase algo de comer.

Al salir de la iglesia me encontré en una esquina con una mujer robusta de cabello negro partido en dos trenzas. La mujer vendía el famoso pan *chuta*, redondo y grueso, tan cusqueño como las piedras de la base de la iglesia. Yo compré uno de esos apetitosos panes con aroma de anís y lo empecé a devorar delante de la vendedora.

—Es la primera vez que vengo por estos rumbos —le comenté, todavía masticando la suave textura del pan. La dulzura me despertó más el apetito—. ¿Me puede recomendar un buen lugar para la cena, que no sea muy caro?

—Señorita, váyase al mercado de San Pedro. No se puede ir de Cusco sin antes visitarlo. Y no deje de probar la bebida especial porque le va a gustar.

Me despedí de la mujer y dispuse caminar rumbo al mercado a buscar esa bebida con cerveza negra, jugo de frutas y algarrobina.

***

En esa ocasión en la que tenía preguntas, viajé para encontrar respuestas. No eran preguntas en realidad, sino dilemas. Pequeños dilemas y grandes dilemas; a veces lo pequeño se hace grande. El día en que me encontrara con quien verdaderamente quisiera pasar el resto de mi vida, dejaría el pueblo de San Martín por esa perla de gran precio, pero ¿dónde estaba esa perla?

Hay dos cosas que me han desagradado siempre: equivocarme y lamentarme de lo irremediable. Si no fuera porque nunca favorecí la total austeridad, quizá me habría hecho monja como mi hermana Inés, al fin y al cabo es menos probable meterse en líos sentimentales al tener que llevar el cuerpo y la cabeza cubiertos con un hábito. Las mujeres musulmanas se cubren hasta la cara; tienen sus complejos como todo ser humano, pero quizá sus vidas más simples, ¿o me equivoco?

Odio equivocarme. Estuve encerrada en un colegio de niñas por muchos años, y cuando por fin tuve la oportunidad de asomar la cabeza por la ventana, las cosas se empezaron a complicar. Me enamoré de Juan Antonio, pero tenía miedo de hacer un compromiso formal con él. Después me interesé en Duncan, cuya foto de perfil del Facebook Barbie aseguraba ser falsa, y para hacer la historia corta, Duncan me ofreció pagar el boleto de avión para visitar la ciudad de Los Ángeles. Yo seguí el consejo de Barbie y, en lugar de irme para Los Ángeles, me fui para Cusco a consultar a la Virgen del Rosario. Al mercado me llevó el deseo de probar una bebida embriagante, pero encontré más que eso, porque la vida da vueltas en formas inesperadas. A mis años estoy llena de impulsos que dejan por un lado las inhibiciones para deleitar el paladar, exigente desde mi juventud.

La última vez que Juan Antonio me besó, tuve que rogarle que no me quitara la ropa. A las pocas semanas rechacé su propuesta matrimonial. Inés se enfermó de gravedad y me fui de regreso a San Martín. Después de mi rechazo, Juan Antonio decidió buscar refugio en su nuevo trabajo viajando por el altiplano. Esa tarde en el mercado de San Pedro estuve a punto de pasar de largo sin reconocerlo entre la multitud. El corazón me saltó cuando nos topamos cara a cara. Me pareció haber visto un fantasma, pero allí estaba el hombre real. Nos dimos un abrazo y luego coincidimos en que los meses se fueron volando como nada. Juan Antonio mantuvo su buena figura, su cabello volviéndose de un tono negro grisáceo. Me sonrió de esa manera tan típica de él, con los mismos dientes blancos y ojos seductores.

—La flor del amor.

—No has cambiado nada —afirmé—, pero esa línea se la robaste al padre Muñoz.

—Es al revés. El padre Muñoz me la robó a mí.

"La flor del amor" —repetí en silencio. Me agradaba la frase cuando me la decía el padre, pero tenía un efecto diferente proveniente de Juan Antonio. El hecho de sentirme atractiva tenía el poder de despertar a la mujer dormida en mi interior, esa perla dentro de la ostra, esperando ser encontrada. Caminamos juntos sin rumbo, y cuando finalmente nos despedimos, no me abandonó la sensación del roce de lija de sus mejillas junto a las mías.

CAPÍTULO 21

San Martín, Bolivia, marzo de 2009

Las flores hacen que la gente sea mejor y más feliz, son medicina natural y le dan brillo al alma. Eso lo leí en alguna parte. Por eso siempre me deleitaba en mi nombre, siendo mis flores favoritas las margaritas. Recibí un ramo por entrega especial y estaba tan inquieta que no podía concentrarme en mis quehaceres.

Sí lo quiero, no lo quiero… La misma pregunta me daba vueltas y vueltas en la cabeza. La tarjeta que acompañaba al ramo decía:

Querida Margarita:

Esta vez no aceptaré una negativa. No puedo estar un día más sin ti. Contaré cada minuto hasta que podamos estar juntos.

—¿Qué voy a hacer? —pensé. Otra vez le he dado esperanzas, otra vez cree que me casaré con él.

—¿Por qué dudas tanto? —me preguntó el padre Muñoz, a quien le confesé mi dilema.

—No quiero volver a romperle el corazón.

—¿Para qué romperlo si tienes el poder para curarlo?

—¿Qué tal si no cumplo con la promesa de amarlo para siempre?

—No te preocupes por el mañana. Piensa en lo que te impulsa a querer estar junto a él ahora.

—Me impulsa el instinto de mujer, pero me detiene la idea de entregarle mi vida a un hombre y dejar de ser yo misma.

—No debes dejar de ser tú misma, sólo una extensión de ti. Juan Antonio te ama. Si lo encontraste en Cusco sin estarlo buscando fue porque así lo quiso el destino. Dicen que el que no arriesga no gana, ¿qué tal si la vida con Juan Antonio te gusta más de lo que te imaginas?

—Me muero por verlo otra vez.

—Entonces ¿qué es lo que te detiene? Déjate llevar por tus instintos, ellos también son obra del Creador.

Sabía que mis instintos eran buenos, pero la indecisión me impedía disfrutar del romance. Tenía miedo de compartir la vida con Juan Antonio, no había llegado a amarlo sin inhibiciones, entregándome entera. Pese a todo, conocía el corazón del hombre, sus fortalezas y sus debilidades. Sabía que él me mimaría hasta morir y que yo tenía la capacidad de hacerlo inmensamente feliz. Juan Antonio era romántico, comprensivo y yo me sentía a gusto con él. Quizá el padre Muñoz tenía razón, no debía preocuparme por el mañana. Si podía disfrutar el presente, ¿por qué no hacerlo?

Querido diario:

Rodamos por la vida como la piedra del camino, como la semilla que vuela y germina en donde es bien acogida. Yo disfruto de salir a caminar a la laguna y observar el reflejo de las montañas sobre el agua, el vuelo de la gaviota y el sonido de su canto. Me gusta la compañía tanto como la soledad, descubrir las cosas por mí misma, perderme y encontrar la salida.

He estado perdida en el laberinto de la duda en cuanto a contraer nupcias. Me pregunto si Dios espera que me case, tenga hijos y sea una esposa abnegada, o si lo seré por decisión propia. Nadie me obliga a que vaya a la iglesia los domingos y sin embargo lo hago.

La oportunidad de tener un día libre y sentarme a escribir este diario me llena de satisfacción. ¿Qué habrá en el simple hecho de trazar estas líneas? ¿Por qué es que hay momentos en los que siento la urgencia de tomar el lápiz y el papel? Escribo para mí misma, para aclarar el camino entre la hojarasca. Escribo porque el tiempo camina a pasos agigantados y los momentos se esfuman.

Si tan solo la vida fuese sencilla. Lo es y no lo es. Lo es cuando tomo la pluma y hablo conmigo misma. Lo es cuando la intuición me guía. Quizá no sea malo envejecer y morir porque así averiguaré el misterio de la vida. Mis huesos se convertirán en la hierba del campo y arena del camino. Si vuelvo a nacer, volveré a gozar y a sufrir, a llorar y a cantar, a perder y a encontrar. Si me voy al cielo me convertiré en rayo de luz. Si me quedo dormida y resucito en el día del juicio, confío en que Dios es justo y misericordioso. Dios no es un monstruo. Esta es una de las pocas verdades que sé.

***

Se terminaba la misa de domingo cuando vi a una persona entrar al rústico edificio y no la pude reconocer inmediatamente. Se dirigía hacia a mí. De repente sentí como si estaba pendiente de una nube.

—Sabía que te encontraría aquí —dijo Juan Antonio—. Llegué apenas anoche y no había podido hablarte —su sonrisa era casi imperceptible.

Lo estreché con fuerza sin importarme lo que la gente pensara. Deseaba haberme preparado mejor para su llegada.

—He estado pensando en ti. Ayer le mencioné a la hermana Fifí que no podía concentrarme en el trabajo.

Los nervios me hacían sonar más efusiva que de costumbre.

—¿Quién es la hermana Fifí?

—La madre superiora.

—Tiene nombre de huracán —dijo Juan Antonio, recordando el huracán que azotó a Centroamérica cuando él todavía era un muchacho.

Yo quería beber la jovialidad del hombre, reírme y llorar de alegría asimilando la imagen que tenía frente a mí, que no era solamente una visión.

—El nombre no hace honor a su temperamento —dije tratando de acallar la risa—. Por el contrario, las hermanas la eligieron por su carácter de santa.

Juan Antonio me observó detenidamente sin darle mucha importancia a lo que decía. Fui su amiga y su novia, pero me había rehusado a casarme con él y mudarme a Guatemala. Ahora no quería ahuyentarme con exigencias ni reproches.

Caminamos juntos fuera de la iglesia y lo tomé del brazo sin voltear a ver a nadie más en el camino.

—¿Qué tal está María? —me preguntó.

—Bien. Pero en cierta forma siento que la he perdido. Antes lo hacíamos todo juntas. Ahora el nuevo niño le ocupa todo su tiempo, al igual que Miguel y Jaime. Cristóbal es un buen esposo.

—Me alegro por ella.

—¿Cómo te interesaste en tu nuevo trabajo?

—Necesitaban a una persona que educara a la gente en cuanto a los beneficios del agua potable y el saneamiento ambiental. Mandé una solicitud y me contrataron por la experiencia que tengo como médico rural, y también por mi flexibilidad para viajar. Este empleo me ha dado muchas satisfacciones. Lo único malo es que no he podido volver a Guatemala.

—¿Y qué hay de tu mamá?

—Mi amor por ella no ha logrado que me aleje de la América del Sur. Quiero permanecer cerca de Bolivia y cerca de ti.

Yo guardé silencio.

—¿No crees que hacemos una buena pareja? Me gusta hablar contigo y me gustas.

Asentí con la cabeza.

—¿Quieres ir a caminar a la laguna? —me propuso. La tarde estaba fresca pero el ejercicio nos ayudaría a entrar en calor.

—No estoy vestida para caminar —le dije, estirando la pierna para mostrarle el zapato de tacón.

—Nada costará ponerte más cómoda. A menos que no quieras.

—Sí quiero. Pero antes debo decirte algo.

—¿Qué?

—Cuando Inés me consideró como una buena candidata para el noviciado no me conocía lo suficientemente bien.

Juan Antonio se acercó y me estrechó en sus brazos. Ya habría tiempo para besarme. Quería que yo lo deseara tanto como él a mí. Ya no le preocupaba si aceptaba o no una nueva propuesta de matrimonio. Lo primordial eran esos instantes que estábamos compartiendo juntos. Disfrutaríamos de la vista montañosa y del viento que soplaba en ese domingo del mes de marzo. Hablaríamos de nuestros miedos y expectativas, de su nuevo trabajo y de los cambios en el convento. El destino quiso que nos encontráramos en Cusco. Ahora estábamos de nuevo en San Martín, parados uno al frente del otro, y nos dimos cuenta de que lo importante era querer estarlo.

Unos minutos más tarde estaba lista para la caminata. La laguna se mecía tranquila, formando ondas sucesivas que se acercaban a la orilla. En California, arena cubría la totalidad de playa. En San Martín, la orilla de la laguna estaba salpicada de charquitos y bofedales donde pastaban las llamas y otros animales.

—¿Qué te pasa? —pregunté. Juan Antonio se quedó callado observando nuestro reflejo en el agua.

—A veces me digo que soy un soñador empedernido, pero al fin y al cabo todos tenemos derecho a crear nuestras propias fantasías. Creo que estamos en este mundo para perfeccionarnos, de lo contrario la vida sería muy aburrida. ¿Qué crees tú?

—Mis sueños han cambiado con el tiempo. Ahora soy feliz con lo que tengo y con las personas que están conmigo. En este momento soy feliz.

Entramos a un ranchito abandonado. Las paredes tenían corazones tallados en el barro, con nombres de parejas. Nos sentamos en un cajón de madera, ambos viendo hacia la luz de la ventana. Empezaba a caer una llovizna.

—Estuve a punto de irme de vuelta a Los Ángeles —le dije, pensando en voz alta.

—¿Cuándo?

—Antes de ir a Cusco. Pero me alegro de no haberlo hecho. Ahora no quiero estar en ninguna otra parte más que aquí contigo.

Juan Antonio rodeó mi cintura con sus brazos y me besó la frente.

—Extrañé este aroma de gardenias. Me has hecho mucha falta. Cuando te subiste al taxi y me dejaste en Cusco, sentí como si me hubieran arrancado un pedazo de carne, como si hubiera perdido un miembro de mi cuerpo. Al día siguiente no podía dejar de pensar en ti y corrí a comprarte flores.

—Las tengo secas dentro de un jarrón. No pienso deshacerme de ellas.

—Creí que nunca me dejarías volver a ti. ¿Qué fue lo que te hizo cambiar de opinión?

—El viaje a Cusco me cambió la vida. Pero no fue sólo eso. También tuve un sueño revelador.

—¿Soñaste con el ángel de San Martín?

—Te voy a contar el sueño. Olvidé mi cartera y di media vuelta para ir a buscarla. Empezaba a oscurecer y tenía mucha prisa. Corrí para ganar tiempo y empecé a flotar en el aire sin hacer el mayor esfuerzo. Ya había soñado que podía volar en otras ocasiones, pero sin abarcar una distancia tan grande. Me llevó pocos segundos avanzar un buen tramo en línea recta sobre un camino de terracería, como si mis pasos hubiesen sido los de un gigante. Pero en lugar de llegar a mi residencia, entré a un local comercial. Ese lugar no me interesó y lo abandoné, luego en la calle me topé con dos jóvenes que me hablaron de inversiones de dinero. Caminé en dirección opuesta y me encontré de nuevo en la puerta del local anterior. Los jóvenes me siguieron hasta allí y yo quise esconderme de ellos pero estuve a punto de caerme al suelo. Uno me agarró del pie cuando todavía iba cayendo.

En ese momento me desperté.

—¿Y qué crees que significa el sueño?

—Es muy simple. Rechacé tu propuesta de matrimonio porque quería trabajar y escalar en mi profesión, cuando en realidad no necesito dinero ni cartera porque puedo volar. Puedo flotar en el aire y llegar a donde quiera, ser y alcanzar lo que desee.

—¿Cómo puedes estar tan segura de no necesitar dinero?

—¿Has leído los evangelios?

—Los leí una vez hace mucho tiempo.

—Cuando los invitados de la boda se terminaron el vino, Jesús convirtió el agua en vino; ese fue su primer milagro. En otra ocasión, cuando quería alimentar a la multitud, multiplicó el pan y los peces. En sus tres años de ministerio, Jesús no manejó dinero. El tesorero era Judas Iscariote, el discípulo que lo traicionó.

—¿Y qué hay de la parábola de los talentos? Jesús habló de hacer buenas inversiones y de construir nuestra casa sobre la roca.

—Los talentos no representan dinero, sino nuestro tiempo y energía. Construir nuestra casa sobre la roca significa buscar el reino de Dios, el cual no es de este mundo. Esta vida es un entrenamiento que podemos comparar con ir a la escuela. Aprendemos a separarnos de nuestra familia y a desenvolvernos por sí solos hasta que un día descubrimos que podemos volar, que estamos hechos de luz, que somos inmortales.

—Me gusta esa explicación. Pensar que la vida no se acaba aquí, que la muerte es sólo el comienzo de una nueva etapa.

—Eso me recuerda el poema de Inés.

—¿Cuál poema?

—Se llama *Volarás*. Te lo mostraré algún día.

—¿Pero qué tal si cuando me muera no pasa nada? ¿Qué tal si me quedo muerto?

—Ya no hablemos más de la muerte —Lo besé para confirmarle que nada en el mundo podría separarnos. En nuestro último encuentro en Cusco tuvimos poco tiempo para hablar. Yo debía alcanzar el avión de regreso a La Paz y él se quedó atrás. Ahora estaba segura de que Juan Antonio era real y no tan sólo un sueño del que no quería despertarme jamás.

San Martín, Bolivia, abril de 2009

Querido diario:

Si cuando era una niña no hubiera escuchado esta historia, mi profesión sería otra. Mientras las hormigas trabajaban todo el verano, la cigarra cantaba alegremente al son de su guitarra. Llegó el invierno y las hormigas tenían suficiente comida, mientras que la cigarra pasó hambre. Años han pasado desde que mi padre me leía este cuento, y hasta el día de hoy, las hormigas siguen trabajando y la cigarra sigue cantando. A cada una se nos ha dado nuestro don, pero como cuando uno es niño lo cree todo, por eso me hice chef y no cantante.

Juan Antonio quiere hacerme su mujer. Yo deseo hacerlo feliz, aunque hay algo que sigo sin comprender. A veces quiero estar con él y a veces prefiero estar sola. A veces quiero trabajar, como las hormigas, y otras prefiero meditar o leer un libro en completo silencio. Me gusta cuando alguien me releva en mi turno de trabajo y puedo respirar profundo estirando los brazos y piernas como en este momento: aaaaaahhhhhh… ¡qué rico!

Y todavía hay algo más: ¿cómo será la vida de casada?, ¿le gustaré a Juan Antonio cuando me vea despeinada por la mañana o cuando me duela la muela? Él asegura que nunca se cansará de mí, que seremos la pareja perfecta. Yo espero que así lo sea, aunque todavía no nos hemos puesto de acuerdo en cuanto a tener hijos. María tiene tres niños y está considerando tener un cuarto. A esto se le puede agregar el gato, que si bien no hay que cambiarle los pañales, se hace pipí en el sofá por berrinchudo.

¿Me querrá Juan Antonio cuando se dé cuenta que soy una persona común y corriente?

Quizá el matrimonio sea como tomar un largo viaje en el que uno ha decidido ir acompañado por otra persona. Hace su maleta, deja su casa y se lleva sus pertenencias. Luego llega a una ciudad con otras costumbres y creencias y allí aprende a compartir, a vivir una nueva vida y a crecer con su acompañante. La palabra clave es compartir; no es bueno que el hombre esté solo ni la mujer tampoco.

Nasca, Perú, mayo de 2009

Toda esa semana Juan Antonio trabajó en el desierto de la costa del sur del Perú, en la península de Paracas y la ciudad de Pisco, lugares destacados por el brandy del mismo nombre y por el Candelabro, la figura de una lámpara gigante cavada entre arena de montañas con el inigualable método usado por los antiguos creadores de las legendarias líneas de Nasca. El Candelabro de Paracas se divisaba en lancha a pocos kilómetros de la playa. El famoso General San Martín paró en la ciudad costera de Pisco siglos atrás con sus tropas para luchar por la independencia del Perú del dominio español. Sin embargo, la gloria del pasado fue ensombrecida por el terremoto que azotó la ciudad en el año 2007.

Juan Antonio se hospedó cerca del edificio donde trabajó esa semana, en uno de los hoteles que fueron restaurados después del sismo. Lo que pensaba disfrutar más del viaje fue el reunirse con su amigo Gonzalo, piloto de una de las avionetas que volaban por el desierto recreando a los turistas. Gonzalo le prometió que, en término de treinta minutos, lo llevaría por los aires a admirar uno de los misterios arqueológicos más grandes del mundo: las líneas de Nasca.

—¿Así que te casas? —dijo Gonzalo.

—Me caso.

—¿Cuándo?

—En tres días.

—Te felicito. ¿Y quién es la afortunada?

—Su nombre es Margarita Barrundia.

En cuestión de minutos los dos amigos se pusieron al día en cuanto a las vidas de cada uno. Se conocieron años atrás en Guatemala y el destino los había reunido nuevamente en la América del Sur.

—Tienes tu casa en Ica, a poco más de una hora de aquí. La selección de vinos y pisco es espectacular —dijo Gonzalo.

La ciudad de Ica, también famosa por sus pecanas y sus caballos de paso, fue en una época lejana el centro de la civilización de la gente de Nasca. Juan Antonio se montaría en la avioneta a la mañana siguiente y, tan pronto como concluyeran la aventura, se tomarían otro pisco para celebrar por anticipado la boda. Después de su viaje por el desierto, emprendería vuelo hacia La Paz.

El vuelo de Pisco a Nasca les llevó poco más de diez minutos y el cielo despejado permitió que Juan Antonio tomara fotografías de algunas de esas enormes figuras que existen sobre las planicies del desierto: líneas rectas y espirales, diseños geométricos, un mono, un colibrí, una ballena, una araña y otras figuras sobre montañas, tales como la de un aparente astronauta. Pocas de las líneas de Nasca se pueden apreciar desde los cerros, para una mejor vista es necesario volar a baja altitud sobre el desierto. Los eruditos no pueden explicarse cómo una cultura tan antigua como la Nasca tuvo la destreza de crear tales diseños.

Pero en el camino de vuelta a la Península de Paracas, un desperfecto en la nave hizo que Gonzalo, quien tenía varios años de experiencia volando por los Andes, perdiera el control de la avioneta y, para el horror de ambos tripulantes, se viera en el apuro de descender de manera precipitada. Juan Antonio recordaba poco de ese abrupto descenso excepto por la abrumadora sensación de impotencia, recobrando consciencia de lo sucedido minutos después, acompañado de un terrible dolor en las piernas. No sabía dónde se encontraba ni cuánto tiempo había pasado desde la caída. Podía mover sus brazos, pero las piernas las tenía atoradas. Su instinto de médico le dijo que era mejor sentir dolor que haber perdido la sensibilidad.

Llamó a Gonzalo, pero éste no le respondió. El teléfono en el bolsillo del pantalón le resultó tan inútil como sus piernas. Moverlas le fue imposible. Su cuerpo de la cintura para abajo estaba atrapado bajo la nave abollada.

El pánico empezó a invadirlo. Gonzalo no le respondía. ¿Qué tal si estaba herido de gravedad? Nadie acudiría a su rescate. ¿Qué tal si ambos morían en ese desierto, Juan Antonio lejos de las dos mujeres que más amaba en la vida? Su madre lo esperaba en San Martín para tallarle el traje de bodas y echarle la bendición. Pero, a juzgar por la terrible desgracia que les había sobrevenido a él y a Gonzalo, Juan Antonio nunca llegaría a tiempo.

Pasaron varias horas y Gonzalo seguía sin recobrar consciencia, sin responder al llamado de su amigo. El calor del sol empezó a debilitar a Juan Antonio, quien no tenía una gota de agua ni manera de pedir auxilio.

La noche llegó sin emitirles tan siquiera un rayo de luna, pero la temperatura en el desierto menguó considerablemente. Juan Antonio se quedó dormido y soñó con un oasis cristalino rodeado de palmeras. Aún en la oscuridad, la esperanza de un amanecer florecía en su interior. Se despertó para encontrarse de nuevo atrapado en la nave sin oasis ni palmeras. No sabía cuántos minutos habían pasado, o cuántas horas. Dudaba que hubiesen sido horas porque el tiempo no existe para los que sueñan. Tenía la boca seca y menos energía para mover los brazos. Le habló a Gonzalo con insistencia, pero éste siguió sin responder.

Juan Antonio no se daría por vencido tan rápido. Le pediría al cielo que sucediera un milagro. Pero su estado de ánimo subía y bajaba como una montaña rusa. Por momentos creía que todo era una pesadilla de la que pronto se despertaría y al poco tiempo lo torturaba el sabor de la amarga realidad. Había tenido una buena vida, pensaba y, hasta el momento antes del accidente, era feliz. Disfrutó de su niñez y adolescencia, cuando se enamoró por vez primera y por vez segunda. Con el amor luchó y sufrió, pero no se arrepentía de haber amado. Los ojos se le humedecieron creyendo que nunca saldría de esta trampa, que el destino le estaba jugando una vuelta inesperada.

La suerte con las mujeres siempre lo traicionaba. Primero Inés, desaparecida por muchos años. Ahora él extraviado en el desierto. Si moría en ese lugar, su prometida no guardaría duelo por mucho tiempo. Sin duda, se enamoraría de nuevo y se olvidaría de él. Quizá ella se merecía una suerte diferente.

Otra lágrima amarga rodó por la mejilla de Juan Antonio. La saboreó y tragó con dificultad. Las piernas ya no le dolían tanto como la sensación de lejanía e impotencia.

Volvió a soñar. En la noche negra apareció Inés, vestida de blanco. La imagen era casi transparente y las niñas de los ojos de la monja brillaban como dos luciérnagas tímidas.

—¿Tú eres la que me lleva al otro mundo? —dijo Juan Antonio.

Inés movió la cabeza lentamente, en señal de desacuerdo.

—¿Para qué has venido, entonces?

—Para platicar —mantenía la seguridad que siempre la había caracterizado antes del cáncer—. Llorar no te servirá de nada, debes conservar el agua de tu cuerpo.

Juan Antonio sabía que Inés tenía razón y trató de levantarse como olvidando que estaba atorado. Después de un suspiro profundo, se quedó quieto porque no tenía manera alguna de mover las extremidades inferiores. De seguro la imagen de la monja se desvanecería en cuestión de segundos, así que más valía conversar un poco.

—¿Cuánto falta para que amanezca? Gonzalo no responde, no sé si estará vivo o muerto.

—No estamos tan lejos del pueblo. Alguien llegará pronto, sólo debemos ser pacientes.

—Tengo alucinaciones, ha de ser por la sed. La prueba es que estoy hablando contigo.

—Eso no prueba nada, solamente que estamos en dimensiones diferentes.

—¿Puedo confesarte una cosa, o lo sabes todo en esa nueva dimensión?

Inés lo escuchó atentamente sin decir palabra.

Juan Antonio continuó la conversación.

—Lo que más me duele de tener que morir en este desierto es que no podré casarme. Fue una tontería pensar que la suerte me estaba empezado a sonreír.

—No morirás.

—Sólo eres un sueño. ¿Cómo puede un sueño sacarnos de este lugar?

—No subestimes el poder de los sueños. Si crees algo con todo tu corazón, se hará realidad.

Brilló el amanecer en el desierto de Nasca y Juan Antonio sintió una brisa en el rostro. Sin duda, perdería el vuelo a La Paz y lo esperarían en vano porque nunca llegaría. Luego empezaría la investigación y la búsqueda. La familia de Gonzalo estaría tratando de dar con el paradero del avión desde la tarde anterior.

Gonzalo seguía sin despertar de su profundo sueño y Juan Antonio sin poder levantarse. Estaba seguro de que su amigo vivía, de lo contrario habría atraído a los buitres u otros animales de rapiña. Por fortuna no se habían aparecido serpientes ni bichos que pudieran asediarlos. Lo único que le quedaba era esperar.

Esperar jamás había sido fácil.

CAPÍTULO 22

La Paz, Bolivia, mayo de 2009

Barbie llegó desde la Antigua Guatemala para los preparativos de la boda. El vestido de seda blanca esperaba en la recámara, lo mismo que el tocado de la novia. Doña Elena compró el traje del novio y las decoraciones para la sala donde se llevaría a cabo la recepción. Como era de esperarse, el padre Muñoz oficiaría la ceremonia religiosa.

"Me preocupan esos vuelos por las cordilleras de Los Andes", pensé, mientras esperaba a Juan Antonio en el aeropuerto. Terminé de pagar la orden para el pastel, el cual sería enviado desde La Paz hacia San Martín, junto con la champaña. El avión llegó en el tiempo establecido, pero no salió de él mi prometido. Después de largos minutos de indagación, me notificaron que Juan Antonio nunca abordó la nave. Decidí que no volvería a San Martín hasta tener noticias de él. Lo había esperado ansiosamente y me sentía decepcionada. Le pedía al cielo que Juan Antonio me llamara pronto y me explicara que todo estaba bien, que los atrasos siempre suceden, que no debía preocuparme.

Pero ¿qué tal si sí debía preocuparme? ¿Qué tal si algo había salido terriblemente mal?

Observaba las manecillas del reloj pasar hora tras hora sin tener noticias de Juan Antonio. La avioneta permanecía extraviada en el desierto y tanto la familia de Gonzalo como la de Juan Antonio fueron informadas de la catástrofe. Si el helicóptero de rescate no encontraba la avioneta ese día, Juan Antonio tendría que pasar otra noche en el desierto.

El mundo parecía un mar turbulento en donde nos ahogábamos sin esperanza de rescate. Deseaba ser un cóndor viajando a la velocidad de la luz, pero mi pena no bastaba para mover montañas ni mi luz para iluminar el desierto de la duda. La música de cuerdas y flautas andinas no lograron menguar mi desesperación. Me levanté de la mesa y dejé la terraza del hotel. En la soledad de mi cuarto me arrodillé y recé para que Dios me diera fe y valor, para que me perdonara por dudar de su poder. Le pedí que pasara esa copa amarga y que me despertara de la pesadilla.

Me preguntaba si esta tragedia era un castigo por haber dudado de mi amor por Juan Antonio. Habría dado cualquier cosa por encontrarlo con vida, por volver a verlo y darle todo lo que él me pidiera.

Yo misma afirmé que Dios no era un monstruo, que no me juzgaría con tanta severidad, pero quizá la película *Lo que el viento se llevó* tenía razón: el infierno está aquí en la tierra. Si Juan Antonio había muerto, no habría otro castigo más grande porque mi cariño hacia él era mayor de lo que me imaginaba. Ante la posibilidad de una fatalidad, me sentía devastada.

¿Dónde estaban mi fe y mi esperanza?

Encontré una Biblia en la habitación y la abrí en el libro de los Proverbios. Solía leerlo muy a menudo pero ahora no recordaba la última vez que había abierto una Biblia y la mía se encontraba probablemente sobre alguna repisa en la Casa de las Hermanas, olvidada. Necesitaba tranquilizarme, vencer el miedo, aquietar el espíritu. Si lograba reconocer el poder de Dios, mi corazón dejaría de angustiarse.

Confía en el Señor con todo tu corazón,
y no te apoyes en tu propio entendimiento.
Reconócele en todos tus caminos,
y Él enderezará tus sendas…

Nasca, Perú, mayo de 2009

En el desierto de Nasca, Juan Antonio y Gonzalo continuaban atrapados dentro de la avioneta. Juan Antonio se tocó la boca de labios tostados y rajados observando pequeños trazos de sangre en sus dedos. Por suerte la sangre no lo atemorizaba, ni tampoco la imagen silenciosa de la monja.

—¿Has estado allí todo este tiempo?

—Nadie dice que soy real —contestó Inés. Estaba sentada junto a él, jugando con las puntas de su cabello y luciendo despreocupada.

—¿Cuándo te irás?

—No me iré. A menos que tú me lo pidas.

Juan Antonio se acababa de despertar de otro sueño o quizá continuaba dormido. Pero la tranquilidad de Inés parecía ser contagiosa. Ya no se sentía angustiado como al principio y hasta estaba empezando a aceptar su suerte, cualquiera que fuera.

—¿Qué pasa después de la muerte? —le preguntó al fantasma.

—Ya lo verás.

—¿Qué se siente?

—Es difícil de explicar.

Juan Antonio sintió la garganta arrugada como una pasa.

—Necesito agua…

—Esta vida se termina tarde o temprano, como puedes comprobarlo en estos momentos. Por eso es el presente lo que más importa. Ahora nos tenemos el uno al otro.

Inés se reservó de hacer comentarios en cuanto al aspecto de Juan Antonio, quien parecía haber envejecido diez o quince años en ese último día bajo el desierto. La piel se le había enjutado y sus ojos carecían de la humedad necesaria para parpadear cómodamente.

—¿Por qué me ha pasado esto? —preguntó con dificultad—. ¿Es un castigo?

Los ojos de la monja brillaron. Su mirada y cabellos negros contrastaban con la tez clara de bruma mañanera que no se oscurecía con el sol. A pesar de su belleza, él no deseaba partir con ella. Juan Antonio tenía dificultad para mantener los ojos abiertos, pero sentía su presencia.

—¿Por qué no me hablas? —preguntó—, ¿estás enojada?

—No deseo agotarte.

—¿Por cuánto tiempo seguirás aquí?

—Depende.

—¿Depende de qué?

—De si quieres verme o no. Si deseas verme, me verás, si deseas que te hable, te hablaré.

—¿Por qué no nos sacas de aquí a Gonzalo y a mí?

—Los ayudaré a esperar.

—Siempre tuve debilidad por la belleza femenina. Me hace olvidar la amargura de la vida.

—Yo fui parte de tu vida. Siempre lo seré, y tú de la mía.

—¿Aún allí donde te encuentras?

—Aún aquí.

—Creí que me habías olvidado. ¿Te molesta que me case?

—Quiero que seas feliz.

—Estamos atrapados en este lugar y no sé si nos encontrarán. Gonzalo está mal herido, quizá morirá…

—El destino es una cosa misteriosa. De cualquier manera, cada final viene acompañado de un nuevo comienzo.

—¿Si deseo algo con todas mis fuerzas, sucederá?

—El amor todo lo cree y todo lo espera.

Juan Antonio experimentó una paz indescriptible que lo indujo nuevamente al sueño. Esta vez soñó algo diferente; era pequeño y estaba recostado sobre una banca de madera que su madre había colocado en el corredor del patio trasero de la casa de Guatemala. Allí junto a él estaba el gato de la familia, de color amarillo como Sol, el gato de Miguel. Se le apareció Miguel y le habló.

—Tío Juan Antonio, ¿por qué te llevaste a mi gato?

—Éste no es tu gato, es el mío. Se llama Noé.

—¿Noé?

—Míralo bien, es más peludo que Sol, y más viejo.

—Pero se parece mucho a Sol.

—¿Cómo llegaste aquí? ¿Sabes viajar al pasado?

Sin responder a la pregunta, Miguel levantó a Noé y saltó el escalón del corredor con el gato en brazos, desapareciéndose de la vista de Juan Antonio. Juan Antonio se sentó y levantó ambas piernas, observando sus zapatos de niño. En el patio estaban el mismo árbol de limón y las rosas amarillas de su madre. Quiso salir corriendo y llamarla, pero ya no tuvo tiempo. Estaba todavía dentro del avión y le caminaba una araña por el brazo. La sacudió tan fuerte como pudo y llamó a Inés.

—Aquí estoy.

—Acabo de ver a Miguel —dijo él, con la respiración agitada.

—Yo también.

—¿Puedes penetrar en los sueños de los demás?

—Yo tengo los míos propios.

—¿Y viste a Miguel en tus sueños?

—Lo veo todo el tiempo.

—No entiendo.

—Tenemos una conexión especial.

Juan Antonio siguió sin entender, pero no le tomó importancia.

—¿Por qué no veo a Margarita? —preguntó.

—Ella siempre está contigo, igual que tu madre y tu abuela.

—¿Mi abuela? Mi abuela murió hace mucho tiempo.

Terminando de decir esas palabras, Juan Antonio notó que la vieja de cabellos grises también estaba allí, junto a él. En más de una ocasión, su abuela lo tomó de la mano por el zoológico para ver a los monos, el pizote y los mapaches.

El silencio de la abuela no la hacía perder la tenacidad que siempre la caracterizó, estaba con su cabello recién lavado y un vestido verde.

—Estoy atrapado en este lugar —sollozó Juan Antonio —, sé que me están buscando, pero no me han encontrado.

—Yo te he encontrado.

—No quiero que me lleves contigo. Tengo una novia en Bolivia y me voy a casar.

—¡Ah! —dijo la abuela—. Quizá me dé tiempo de comprarte un algodón de azúcar.

—Te equivocas, abuela, ya no soy un niño. Te dije que me caso.

—No es necesario ser un niño para comer el algodón que te gustaba tanto. Lo comprábamos en la feria, ¿lo has olvidado?

—¿Cómo olvidarlo? Era tan feliz en ese tiempo.

—¿Ya no lo eres?

—Lo he sido.

—Tu papá estaba desbordando de alegría cuando naciste, tanto que me llamó a las tres de la mañana para contarme que tenías la cabeza como la de tu abuelo y la nariz como la mía.

—¿Tengo la nariz como la tuya?

—Tenemos la nariz grande pero no sabemos oler el peligro. Cuando era niña me subía a los árboles de aguacate y me escapé de caer en varias ocasiones.

—Yo también escalaba árboles.

—Es lo que te digo. Te pareces a mí en la nariz. Nos metemos donde nadie nos llama, y cuando queremos algo, lo conseguimos.

—Quiero salir de aquí. Quiero que me encuentren y me lleven con Margarita, mi prometida.

Juan Antonio se dio cuenta de que la abuela había emprendido la marcha. En el aire permanecía aún el aroma de algodón dulce con el perfume del champú de la vieja. Era alta y morena como él, parlanchina y juguetona, tan seductora que Juan Antonio tuvo la tentación de correr detrás de ella. La amaba.

Por un momento sintió su cuerpo ligero, dispuesto a flotar en el aire y tomar el vuelo, pero eso sólo duró unos pocos segundos porque sus piernas empezaron de nuevo a pesarle como plomo.

Ica, Perú, mayo de 2009

Inés y la abuela. Ambas llegaron a visitarlo. También lo visitaron Miguel y su gato amarillo. En su sueño, Miguel lo llamó "tío". La voz del niño sonaba como eco y profecía en el desierto. Juan Antonio se casaría así fuera lo último que hiciera en su vida. Se durmió de nuevo y viajó a un lugar lleno de luz, de belleza indescriptible. Habló con su padre y le comentó lo mismo que le dijo a la abuela, que no deseaba morir todavía.

El helicóptero de rescate llegó al lugar del accidente esa tarde, justo antes de la puesta del sol. Gonzalo y Juan Antonio estaban con vida. Les colocaron mascarillas de oxígeno y suero intravenoso, los sacaron de los escombros, les entablillaron el cuerpo y los subieron a la nave. Juan Antonio pasó unas horas inconsciente. Cuando se despertó, había sido transportado al hospital de Ica con varias fracturas en las piernas y las caderas. Inquirió en cuanto a Gonzalo y le notificaron que su situación era estable. Mientras Juan Antonio peleaba con la muerte y conversaba con los difuntos, Gonzalo había experimentado la pesadilla más agobiante de su vida: creía haber arruinado las líneas de Nasca. La gente le reprochaba y lo perseguía para arrestarlo, y él corría alegando su inocencia. Cuando al final cobró la consciencia, su respiración seguía agitada.

Juan Antonio no extrañaría el estar varado en el desierto, pero sí las visiones y charlas con Inés y con su abuela.

Apenas supimos del rescate yo hubiese querido volar a Ica en ese mismo instante, pero los vuelos estaban llenos. Cuando por fin conseguimos un vuelo para el día siguiente, no dormimos ni una sola gota esperando que se llegara la hora de partir. Doña Elena pidió un taxi para reunirse conmigo en La Paz y luego salir de allí para Ica.

Tan pronto como se despertó de los sedantes, Juan Antonio me llamó por teléfono.

—Te estoy esperando. Tienes que llegar a tiempo para la boda.

Yo sonreí, pero tenía los ojos cubiertos de lágrimas y el corazón incrédulo. Lo escuché como se escucha a un fantasma y no dije nada sino hasta que él preguntó si me encontraba bien.

—Llegaré pronto —le dije—, y estaremos juntos para siempre.

Después de haber hablado con doña Elena, Juan Antonio llamó a la enfermera y le preguntó el nombre del sacerdote del hospital. Le dijeron que al sacerdote lo llamaban solamente para administrarles los últimos sacramentos a los pacientes terminales. Juan Antonio insistió en que deseaba hablar con el religioso tan pronto como fuera posible. Cuando éste se presentó, le explicó su situación. El párroco declaró que no era su costumbre el efectuar bodas en el hospital, pero que estaba seguro de que su abogado no tendría inconveniente en casarlo.

Llegamos a Ica a las tres de la tarde del sábado. Juan Antonio tenía raspones y moretes en la cara, pero había recobrado la elasticidad de su piel. No pudo esconder su buen ánimo, ya que el abogado estaba en camino.

Desde su cama nos abrazó y besó con lágrimas de alegría.

—Qué gran susto nos diste —dijo doña Elena.

Yo estaba como muda, pálida y ojeruda.

Para Juan Antonio la espera fue larga, la búsqueda de un alma gemela, el deseo de pertenecer a alguien y formar su propia familia. Nada se lo negaría ahora, ni siquiera un inesperado infortunio volando sobre las líneas de Nasca.

—Todavía no termino de creer que saliste de ésta con vida —le dije, estrechándole la mano. Quise agregar que había actuado imprudentemente subiéndose a esa avioneta, que le prohibía que volviera a hacer lo mismo en el futuro, pero Juan Antonio estaba a salvo y eso era todo lo que importaba. No cesaba de dar gracias en silencio por la vida de mi novio y por todos los ángeles que lo protegieron.

Examinamos a Juan Antonio de la cintura para abajo. El doctor nos aseguró que los huesos fracturados irían recobrando su movilidad un poco después de quitarle el yeso, cuando realizara la terapia física.

Hablamos con Barbie e hicimos bromas para liberarnos de todos los pesares. Barbie nos propuso que dibujáramos sobre el yeso las figuras del desierto de Nasca como el colibrí y el mono de cola en espiral. Luego hablé con María. Ésta última me puso a Miguel en el teléfono.

—¿No se murió Juan Antonio? —preguntó.

—Está vivo, Miguel. Está vivo.

Miguel soltó el teléfono y corrió por la sala de su casa dando saltos de alegría.

—¡Juan Antonio no se murió! ¡Tía Margarita se va a casar con Juan Antonio!

Los invitados se reunieron en el salón de San Martín a disfrutar la comida preparada por las hermanas del convento para celebrar nuestro matrimonio mientras el padre Muñoz sonaba las campanas de la iglesia.

En el hospital de Ica, el abogado me preguntó si se aceptaba a Juan Antonio Espinosa como mi esposo, en la salud y en la enfermedad, en austeridad y en la riqueza.

Yo ya no tenía dudas al respecto.

Le di gracias al cielo por tanta felicidad, y por el milagro de devolverme a Juan Antonio con vida.

***

San Martín, Bolivia, mayo de 2009

—¿A qué escuela enviarás a Miguel cuando termine la educación primaria? —preguntó el doctor Ríos, mientras María se acomodaba en una silla con José María sentado en sus piernas.

—Juan Antonio y Margarita me han hablado de la posibilidad de llevarlo a Cusco con ellos. Allá hay buenas escuelas.

—Yo conozco una escuela en Cochabamba, mucho más cerca de San Martín. Es un internado de prestigio.

El corazón de María se inquietó. ¿Por qué el repentino interés del doctor en la educación de Miguel? Estrechó al bebé contra su pecho como para protegerse.

—Ya va siendo tiempo de que le digas al niño la verdad. Tú misma me dijiste que Miguel no es tu hijo. Es mejor que lo sepa de ti misma a que se lo diga alguien más.

—Miguel es mi hijo, lo adopté legalmente. Hablaré con él a su debido tiempo. Y con respecto a la escuela, me gusta más la idea de que viva con Margarita y Juan Antonio. No conozco a nadie en Cochabamba.

—Puedes confiar en mi buen juicio. La escuela de Cochabamba es excelente. Te lo digo porque allí estudié yo. Pronto Miguel será un adolescente y ya no estará pegado de tus faldas ni de las de Margarita.

María guardó silencio. Jamás dejaría que su hijo se fuera solo a una ciudad desconocida aunque le ofrecieran la mejor escuela del mundo. No creía que su hijo necesitara lujos ni escuelas de renombre tanto como del cariño de su familia.

***

—¿Cree que con esto se va a ganar el cariño de Miguel, alejándolo de la gente que lo ama? —le pregunté al doctor Ríos.

—Sólo estoy haciendo una propuesta generosa —contestó. Había ofrecido pagar por los estudios de Miguel—. He sido su doctor y lo conozco bastante bien, es un niño que se merece lo mejor. La mayoría de los hombres en este pueblo terminan trabajando en las minas porque no tienen otra alternativa. Si aceptan mi oferta, Miguel recibirá una buena educación y tanto ustedes como yo estaremos al tanto de él.

—Cristóbal no trabaja en las minas y tampoco lo hará Miguel. Lamento sonar malagradecida, pero estoy segura de que encontraremos una escuela en Cusco.

—Lo mismo me dijo María, pero Cusco está mucho más lejos. ¿Qué ganaría ella con eso?

—Estaría en buenas manos.

—Se te olvida que yo soy el verdadero padre.

—Creo que usted y yo aprendimos un significado diferente de la palabra padre.

—Juan Antonio y tú no necesitan ocuparse de él.

—Yo no me "ocupo" de mi sobrino. Yo lo apoyo y le doy cariño.

—Es inútil hablar contigo. Siempre estarás del lado de María.

—Debemos estar del lado de Miguel.

El doctor Ríos sabía que mi opinión no cambiaría. Por un momento me pregunté cuál sería la voluntad de Inés, y me dije que ella me apoyaría en mi decisión. María también confió en mí desde el momento en que me pidió hacerme cargo de sus hijos en caso de que algún día ella faltara. Yo me encariñé con Miguel antes de saber su identidad, antes de enterarme de que era el nieto de mi padre. Me importaba su futuro, lo consideraba como parte de mi vida y Miguel me consideraba parte de la suya.

***

Era una tarde de domingo cuando el doctor Ríos entró al salón de recepciones de la iglesia. La comida estaba lista y tenían un lugar reservado para él en la mesa del padre Muñoz. La gente lo recibía de buena gana porque a todos los había ayudado alguna vez. Al terminar de comer, no pudo encontrar a Miguel por más que lo buscó.

—Se fue para la laguna —dijo María—. Va todas las tardes.

Enrique Ríos salió del salón tan silenciosamente como entró. El viento de la tarde le sopló en la cara y se acomodó la bufanda y el birrete. La laguna quedaba a unos quince minutos del pueblo, no sería difícil encontrar al niño porque solamente había un camino.

El doctor se condujo por la vereda en comunión con las piedras. Al llegar a la laguna encontró a Miguel ahuyentando a los flamencos en la orilla del agua. Al ver al doctor, el niño corrió a su encuentro y él vio a Inés reflejada en su semblante, no porque Miguel careciera de rasgos de su padre, sino porque el doctor veía únicamente lo que quería ver.

—¿Quiere conocer el lugar favorito de Sol? —dijo Miguel.

—Ya decía yo que andabas siguiéndole la pista a ese gato. Es muy escurridizo.

—Le gusta ir a la casa del jardinero.

—¿Don Felipe?

—Del otro lado de la laguna.

El doctor levantó la vista al horizonte. No era a menudo que se paraba a ver la puesta del sol y el paisaje.

—Me encantaría acompañarte. ¿Crees que al jardinero le importe si llevas a un visitante?

—Para nada. Está ciego. A mí me conoce por la voz. También conoce a Sol porque espanta a los pollos.

—¿Desde cuándo eres amigo de don Felipe?

—Desde que regresamos de La Paz. Se parece a don Benjamín, sólo que don Benjamín no está ciego —dijo el niño, agregando la historia de cómo se apareció Sol en el apartamento que rentaban en la ciudad, y cómo el gato llegó a formar parte de la familia.

El doctor Ríos y Miguel caminaron por la orilla del agua entre balsas de madera pintadas de azul claro. Estaban estacionadas en el mismo lugar donde las vacas merodeaban para beber agua. La pequeña casa de don Felipe los esperaba más adelante. El viejo jardinero trabajó en el convento antes de la muerte de Inés, pero su vista había desmejorado aún más y ya casi no caminaba al pueblo.

—¿Miguel, eres tú? —preguntó el viejo—. ¿Quién está contigo? —el viejo Felipe podía divisar una sombra al lado del niño.

—Soy yo, Enrique Ríos.

La escuálida figura del viejo estaba cubierta de ropas parchadas y gruesas. Se encontraba junto al fuego asando un pequeño *cuy* ensartado en un palo.

Miguel se quedó en el patio y el doctor entró a sentarse a la par de don Felipe. Una congoja invadió su pecho.

—Tú la conocías bien —dijo.

—A sor Inés no la conocía nadie, no realmente.

—¿Sabes la historia de Miguel?

—Así es.

—¿Por qué te la contó a ti y no a mí?

—Porque las monjas no deben tener hijos.

La sencillez de la respuesta hizo reflexionar al doctor. Las monjas no deben tener hijos. Por eso Inés regaló a su hijo, no porque no lo quisiera. No lo regaló por ser una mujer desalmada. Lo hizo porque su posición le prohibía ser una madre en el sentido de la palabra.

—¿Le dirías a Miguel la verdad acerca de Inés?

—Ese no es asunto mío. El niño ya tiene una madre, no necesita dos. Además, sor Inés está muerta.

De nuevo don Felipe habló con sensatez. No sabía que el doctor Ríos era el padre de Miguel, pero lo sospechaba.

—¿Usted es el padre?

—Hubo una época en la que las mujeres me atrajeron. Nunca creí que un niño llegara a tener importancia.

—El hombre al que no le gustan las mujeres no es un hombre. Pero el amor de un hijo es distinto.

—¿A qué te refieres?

—Me refiero a que este niño no es realmente suyo. Nunca lo fue.

Hablaron un rato más y luego el doctor salió al patio. Vio que Miguel corría sin una pena en el mundo. Se detuvo unos instantes para observarlo, su cabello despeinado y sus ojos llenos de brillo. El niño era feliz con su vida como la conocía. El doctor no ganaba nada con desbaratársela.

—Es hora de irnos de vuelta, debemos regresar antes de que anochezca.

Miguel aceptó la compañía del médico.

—¡Vamos, Sol! —gritó, haciéndole señales al gato con los brazos. Se despidieron del viejo y salieron de la casa.

¿Por qué había tenido que morir Inés para que el doctor se enterara de la verdadera identidad de Miguel? ¿Por qué no puso más atención en la época en la que María le confesó que el niño era adoptivo, cuando Inés estaba viva?

Inés le temía a la soledad quizá más que a la muerte y por eso se marchó, para no quedarse sin su hijo. Ahora le tocaba al doctor llevar esa carga. El padre de Miguel era Cristóbal y el doctor tendría que conformarse con seguir siendo simplemente el doctor. María seguiría siendo la madre. Si Inés lo abandonó al nacer, no tenía caso contarle esa historia a Miguel, al menos no por labios de él.

Cusco, Perú, julio de 2009

—Siempre quise escalar esta montaña —dijo mi padre, ciñéndose la mochila en la espalda, su vista elevada ante un pico nevado que brillaba con majestuosidad.

—¿Quieres que vaya contigo? —preguntó Inés.

—Vayas o no vayas, estarás allí. Cuando llegue a la cima pensaré en ti.

—No sabes cuánto te extrañé todos estos años. Pero tengo una confesión.

—Cuéntame.

—Me fue difícil perdonar a otros y perdonarme a mí misma.

—¿Y ahora?

—Me he quitado ese peso de encima.

Mi padre sacudió la mochila y una nube de polvo manchó su camisa y su pantalón.

—Me alegro por ti —dijo—. A mí me pasó algo parecido. Me molestaban las piedras y el polvo. Después me di cuenta de que ese mismo polvo y esas mismas piedras eran mis compañeros de camino tanto como el aire fresco, el sol y la vegetación. No podía tener una cosa sin la otra, así que aprendí a convivir con todos. Ahora, si me disculpas, debo marcharme.

—Te veré allá arriba —dijo Inés.

—Estaré esperándote.

—¿Dormiremos allá?

—Será lo que tú quieras que sea —contestó papá.

No podían verme, traté de hablarles pero la voz no me salió. Eran las cuatro de la mañana y me desperté emocionada, Juan Antonio junto a mí en nuestra recámara. Fue un sueño tan real que traté de recordar cada detalle, el plácido rostro de mi padre, la reluciente imagen de mi hermana. Lo escribí todo en una hoja de papel y lo agregué a las cartas de Inés.

BIOGRAFÍA

La autora guatemalteca Luz Villeda es amante de la naturaleza, la riqueza de la cultura latinoamericana, la poesía, y la escritura creativa. Tiene una licenciatura de la Universidad Ambassador, Big Sandy, Texas, y su obra ha sido presentada en el programa de radio *Around Cincinnati* (WVXU), la Universidad Miami, Oxford, y el periódico *La Jornada Latina*. Luz Villeda ha escrito dos novelas, dos colecciones de poesía y un libro de memorias. Reside en Cincinnati, Ohio, con su esposo y dos hijos.

amazon.com/author/two.of.you.storiesaboutlife
facebook.com/two.of.you.storiesaboulife

www.ingramcontent.com/pod-product-compliance
Lightning Source LLC
Chambersburg PA
CBHW050926120626
46552CB00001B/64